KB068481

# 나에 살던 고향은

쓴 이  김정민
그린이  배임정

# 나에 살던 고향은

**초판 1쇄 발행**  2021. 10. 29.
**2쇄 발행**  2021. 12. 21.

**지은이**  김정민
**그린이**  배임정
**펴낸이**  김병호
**편집진행**  김수현  |  **디자인**  양헌경

**펴낸곳**  주식회사 바른북스
**등록**  2019년 4월 3일 제2019-000040호
**주소**  서울시 성동구 연무장5길 9-16, 301호 (성수동2가, 블루스톤 타워)
**대표전화**  070-7857-9719  **경영지원**  02-3409-9719  **팩스**  070-7610-9820
**이메일**  barunbooks21@naver.com  **원고투고**  barunbooks21@naver.com
**홈페이지**  www.barunbooks.com  **공식 블로그**  blog.naver.com/barunbooks7
**공식 포스트**  post.naver.com/barunbooks7  **페이스북**  facebook.com/barunbooks7

· 책값은 뒤표지에 있습니다.  **ISBN** 979-11-6545-524-8  03810

바른북스는 여러분의 다양한 아이디어와 원고 투고를 설레는 마음으로 기다리고 있습니다.

# 나에 살던 고향은

쓴 이
**김정민**

·

그린 이
**배임정**

바른북스

나에 살던 고향은

아름다운 것들,
진실이 손에 잡힐 것만 같았고
그것들을 위해 좀 더 일을 했으면 싶었다.

- 2011. 7. 16. 박경리 『토지』에서 옮김 -


아름다운 것들을 위하여!
세상의 모든 준휘를 위하여!
그리고
은담에게 나팔꽃을 전한다.

프롤로그
*1982. 5. 5.*

햇발이 지붕 위로 퍼지기도 전에 골목은 아이들이 날뛰는 소리로 들뜨기 시작한다. 슬레이트 지붕과 낡은 기와가 산비탈을 따라 누덕누덕 붙어 있는 이곳에도 어린이날은 찾아왔다. 형편이 비교적 헐한 집에서는 올해 개장한 돝섬유원지라도 가 볼 일이지만 대부분의 삶은 하루하루를 견디는 것으로도 충분했다. 아이들은 삼삼오오 무리 지어 얼마 안 되는 동전푼을 손바닥에 쥐고 설레발로 돌아다니다 결국 오리떼기*나 해 먹고는 어제와 같은 하루를 보낼 것이다.

"훠이잇! 요놈의 자슥들이 와 이리 날뛰노!"
와싹와싹 풀발이 서 있는 옷을 입은 노파가 아기를 업고 눈을 흘기며 대문 앞을 오간다.
"자장자장 우리 아가, 우리 아가 잘도 잔다. 앞집 개야 우지 마라."
한동안 멎은 것 같던 아기의 울음이 휩쓸고 지나간 한 무리의 요란한 녀석들로 다시 시작되었다. 평소 같으면 있는 줄도 모르는 아기인데 지난 밤부터 시간 사이사이 푸르죽죽 앙앙대며 우는 것이 노파에겐 여간 근심이 아니었다.
"와 이라노, 와 이라노! 약국에라도 가 봐야 하나. 열도 없는데 와 이라노!"

---

* 달고나의 경남 마산 지역 사투리

　해가 중천에서 갸울어질 무렵에야 일어나는 아기의 엄마가 바깥의 낌새에 치장이 남아 있는 얼굴로 요를 밀어 놓고 머리맡에 놓인 재떨이 쟁반을 끌어다 담배에 불부터 붙인다.

　"엄마! 들어오이소."

　날이 선 목소리에 노파가 흠칫 눈치를 살피며 들어왔다.

　"일어났나?"

　"와 그라는데?

　잔뜩 웅그린 모습이 잠시도 띄울 틈 없이 빨아대는 담배 연기 탓인지 원치 않게 깨어난 이 상황에 대한 짜증인지 구별이 어렵다.

　"모르긋다. 어젯밤부터 이란다. 열도 없는데….".

　"일로 주 보이소!"

　비벼 끈 담배의 연기가 노파와의 사이에서 채 사라지기도 전에 아기를 낚아 안은 엄마가 아기에게 젖을 물렸지만 때에 맞추어 해 오던 일이 아닌 터라 젖이 토박하다. 아기는 입을 오목 벌려 콧물과 함께 몇 번 빨더니 이내 설피 우는 울음을 다시 이어 간다.

"아! 와 이라노!"

짜증과 걱정이 섞인 목소리로 아기를 고쳐 안는다.

"아이다. 내 약국에 함 가 봐야 긋다. 이리 주 봐라."

노파는 옷만큼이나 끌끔한 포대기를 풀어 아이를 받아 업는다.

"좀 더 자라. 게보린 사 올까?"

"있다."

"참! 어제 그래 우찌 됐노?"

"우찌 되긴 뭐! 싹 실어가 갖다 놨지."

"아직 누가 그랬는지 모르는 갑다. 난리가 날 낀데."

"츠, 드른 종자!"

재떨이를 끌어다 비벼끈 담배를 다시 물고 나직이 욕지기를 한다. 매일 젖보다 익숙한 담배 연기일 테지만 마치 이 상황이 생경하다는 듯 노파는 업은 아기 위로 덮개를 퍼뜩 씌운다.

"댕기오꾸마."

노파가 대문으로 이어진 모퉁이를 막 나서려는데 마당에 이미 들어선 아기 아빠의 모습이 보였다. 누가 발설을 했던지, 아니면 추측으로도 충분했으리라.

"야! 나와!"

곱상한 얼굴이 파란 독기가 올라 제법 사납다. 그 낯선 기세에 노파는 옆으로 이어진 고방으로 몸을 슬쩍 숨긴다. 어둑하고 칙칙한 습기와 묵은 곰팡내가 물씬 코를 찔렀다.

"야!"

"와! 와!"

아기 아빠는 반뜩반뜩 눈을 거칠게 빛내며 아기 엄마가 기거하는 방
으로 단숨에 치올라 왔다. 늘비하게 이어진 셋 방 문간과 창문이 그림자
로 어른거린다.

"너가 그랬지? 악기 어딨어? 어디다 감췄어?"

"츠, 드른 자슥이. 은자 처기어오나? 와? 아는 안 보고 살아도 악기는
안 되겠드나? 하기사! 그년하고 묵고살라믄! 악기? 내 땅속에 묻어 삤
다!"

몇 번이나 속으로 굴려 온 말들을 내뱉으면서도 가슴이 덜렁인다. 기
껏해야 찾아와 겨우 사정이나 할 줄 알았다. 그 틈을 열어 마음을 돌려
세워 보자는 한 오라기 실 같은 면구쩍은 희망도 한편에 있었다. 그 마
음을 알 것이다. 그러면서도 그것을 풀어 주려는 낌새가 보이지 않는다.
감때사납게 덤비는 모양새도 그러하지만 비정하고 싸늘한 눈이 더욱 당
황스럽다. 죄스러운 모습이 아니었다.

"뭐라구? 더러운 자식? 기어와? 애 내놔! 악기 안 돌려줄 거면 애 내
놓으라고! 나는 뭐 당신을 믿어서 애를 양보한 줄 알아? 당신은 아이 키
울 자격이 없는 사람이야! 어서!"

"인간이 미쳤나! 와 이라노! 준휘 요 없다!"

막아서는 준휘 엄마를 밀어내고 준휘 아빠가 집 안 곳곳을 미친 사람
모양으로 헤저으며 고함친다.

"애 데려갈 거야! 준휘야! 준휘야!"

"야! 이 미친 인간아! 준휘 요 없다 안 하나!"

막아서고 떠밀고를 반복하다 준휘 아빠가 부릅뜬 눈을 맞은편 고방으로 보낸다.

그 기세에 질린 노파는 땀이 나는 손을 포대기 뒤로 문지르며 더욱 깊숙한 곳으로 몸을 숨긴다.

"준휘야, 우지 마라. 니 지금 울면 할머니도 엄마도 못 본다. 우지 마라."

노파가 아기의 발을 힘주어 잡으면서 낮게 속삭였다.

준휘 아빠가 눈을 고정한 채 다가온다.

"준휘야, 우지 마라. 우지 마라. 니 지금 울면 할머니도 엄마도 못 본다. 우지 마라."

준휘 엄마가 한쪽 신발이 벗겨진 채 달려와 등을 후린다.

"이리 나온나!"

"저리 가!"

준휘 아빠가 돌아서 떠메듯 준휘 엄마를 밀쳐 버린다. 공깃돌처럼 떨어져 나가며 어디에 부딪쳤는지 준휘 엄마의 이마에서 붉은 피가 얼굴을 타고 내렸다. 준휘 엄마는 손으로 짐작되는 곳을 대강 눌렀다. 땀과 먼지에 이겨져 흘러내린 피가 입으로 스며들자 배리착지근한 맛이 났다.

준휘 아빠는 잠시 내려다보더니 죽어 가는 듯 내지르는 비명에도 아랑곳없이 다시 고방으로 발걸음을 옮겼다.

노파의 가슴이 덜컥대기 시작한다. 노파는 그림자마저 꼭꼭 숨긴다.

"준휘야, 우지 마라. 우지 마라."

숨어서 내다보는 눈빛마저 들킬까 눈을 감아 버린다. 사북사북 가까워지는 발소리.

'준휘야, 우지 마라. 우지 마라.'

옮겨놓는 걸음을 따라 주문처럼 노파는 속으로 뇌까린다. 비윗장이 몹시 뒤틀린다.

'준휘야, 우지 마라. 우지 마라.'

타둑타둑 험악한 자취를 담은 발소리가 멈춘다. 노파의 숨도 멈춘다.

'준휘야, 우지 마라. 우지 마라. 우… 워… 우지 마라.'

얼마나 지났을까. 노파가 슬며시 눈을 뜬다. 뼈끔뼈끔하게 쌓여진 물건들 틈으로 도사린 눈이 마주하는가 싶더니 삽자루를 빼 든 그림자가 마당으로 돌아선다.

"애 내놔! 악기 내놔! 애 내놔! 악기, 악기!"

마당 한가운데서 흙을 후려쳐 헤치며 베 폭을 찢는 듯 갈린 소리로 비명을 질러 댄다. 간밤에 내린 비로 금세 흙이 짙은 색을 드러낸다. 준휘 엄마가 몇 발짝 걸음을 떼여 옮기다 바닥에 주질러앉는다.

희미한 경련이 이는 창백한 양 볼과 잘생긴 이마빼기에 발딱 솟은 정맥과는 상반되게 호릿한 골격이 완강했으며 하얀 손에 돋친 힘줄은 거칠었다. 한참을 넋 나간 모습으로 지켜본 준휘 엄마는 이내 닿지 않는 앙탈임을 깨닫고 마른 울음을 게워 낸다.

"내 몬 산다. 내 몬 산다."

찝질한 눈물을 솟구어 내며 고개를 회회 젓는다.

"내 몬 산다. 이래가 몬 산다."

앉았다 누웠다 두 다리를 내뻗었다 오므렸다 몸부림을 친다.


셋방 문간과 창문은 오종종한 그림자만 일렁일 뿐 닫힌 채로 잠자코 있다. 한 뼘 볕이 간신히 드는 좁은 골목 집은 오늘따라 유난히 창창하다. 낮은 슬레이트 지붕 위에도, 지난 밤 내린 비가 앉은 장독 위에도 마치 해가 염탐하듯.

준휘 아빠의 낯색이 좀 달라진다. 얼마간 땅을 파던 삽자루 끝이 헛헛해지더니 홀연 앙상한 목소리로 말한다.

"악기 다시 가져다 놔!"

이윽고 삽자루를 달칵 내려놓는다. 태도는 전보다 가라앉았지만 비정하고 싸늘한 눈길은 오히려 확실해져서 돌아선다.

창자가 경련하는 것 같다. 방 안에서 재떨이 쟁반을 끌어다 담배에 불을 붙였다. 한 줄기 실 같은 희망이 쑤욱 연기가 되어 빠져나갔다. 빈집에 묵고 갔던가. 서로 묵고 지낸 세월에 비하여 먼지가 많다. 같이 만들었던 세월의 꽃은 떨기떨기 형체를 추려버려 구별키 어려웠다.

호젓한 고방 뒤 노파의 등에서 잠잠하던 아기가 볼쏙볼쏙 다리짓을 한다. 준휘는 그날 더 이상 울지 않았다. 82년 유난히 해가 사치스러운 어린이날이었다.

## 차 례

프롤로그 *1982. 5. 5.*

에필로그 *1981. 12. 2.*

어쩌다 그린 이

# 1.

## 준휘와 찹쌀모찌

갈맷빛 능선 용마산 아래로 순하게 내려앉은 산호동은 크고 작은 집들이 빼곡히 깔려 있고 집 사이를 돌아 나가는 골목은 어지럽게 뒤엉켜 있었다. 산에서 가까운 집일수록 모두 노인들이 살았는데 가파르지 않은 산이라지만 아래보다는 다니기가 불편한 곳에 하필 노인들이 집을 짓고 사는지 알 수 없는 일이다. 게다가 산으로 이어진 길 위아래로 어렵게 집을 지어 집 대문마다 높든 낮든 계단이 있었고 어떤 집은 집 안에도 계단으로 방이 나고 계단을 올라 변소를 만들었는데 그곳에서 나오는 것은 또 계단 아래에 모였다.

오늘도 좁은 골목이 마주쳐 바람이 넘나드는 곳에 꾸뻑꾸뻑 동네 할머니들이 나와 대문으로 이어진 계단부터 돗자리를 쭈욱 펼쳤다. 할머니들은 마늘을 까거나 멸치 똥을 바르며 너무 일찍 죽은 할아버지와 아직 살아 있는 할아버지의 이야기 등등을 했는데 어제도 그제도 지난달에도 했던 이야기라 새로울 것이 없는데도 서로 주고받는 장단은 한결같다.

"나무꾼은 슬프게 울고 있는 선녀에게 다가가 손수 준비한 옷을

나에 살던 고향은

건넸습니다. 선녀는 하는 수 없이 나무꾼이 건네준 옷을 입고 나무
꾼의 집으로 갔습니다."

　계단이라고는 대문을 오르는 낮은 것 하나가 전부인 이 집은 이
동네 통장을 지내는 집이다. 진청색 대문으로 마당이 길게 이어진
곳에 대문 오른쪽으로 하나의 마루에 방이 차례로 두 개가 있었고
마당 끝 부엌으로도 방이 두 개가 있었다. 마루 첫 방과 부엌 첫 방
은 세를 놓았는데 마루 첫 방은 옆으로 부엌이 따로 나 있어 같이
부엌을 써야 하는 마당 끝 부엌방보다는 월세를 비싸게 받았다.

　자리를 깔고 앉은 할머니들 사이에서 책을 소리 내어 읽고 있는
앙증맞은 아이는 다섯 살. 이 동네에 이 나이에 글을 알고 일주일에
한 번 대중목욕탕을 가는 유일한 아이다.

　"나무꾼의 순수하고 한결같은 마음씨에 선녀의 마음이 움직였습
니다. 얼마 후 나무꾼과 선녀는 부부가 되었습니다."

　"앗따! 우째서 이리 똑똑하노! 글쎄!"

　연신 이어지는 감탄이 자신을 향한 듯 아이의 할머니는 민망해하
면서도 단조로운 얼굴에 생기가 돌았다. 그도 그럴 것이 지금까지
수백 번에 걸쳐 읽어 주고 읽게 하며 따라 쓰게 해 온 결실이다. 새
삼스레 글자를 읽어 내려갈 필요도 없다. 책장을 넘기기만 해도 죄
다 내용을 넘어다볼 수 있었다.

　"할아버지다! 할아버지! 할아버지!"

　골목 끝에서 막 모습을 나타낸 자전거 앞바퀴를 보고 아이가 잽
싸게 뛰어간다.

"아이고호~! 호호! 우리 준휘 잘 있었나?"

"앗! 따가워! 따가워!"

준휘 할아버지가 준휘를 번쩍 들어 안고 얼굴을 부빈다. 준휘는 할아버지의 희끗희끗 고르지 못한 수염과 나이테의 동심원이 느껴지는 살의 냄새가 거북스럽지 않았다.

"할아버지! 나 자전거 태워 줘!"

"응? 할아버지 이제 막 들어왔는데."

"…."

요즘 부쩍 몸 여기저기를 자주 앓는 할아버지가 걱정스러워 말간 눈으로 바라볼 뿐 준휘는 말이 없다. 그 모습이 애잔해진 할아버지는 자전거 앞, 손수 만든 준휘의 전용 빨간 의자에 아이를 번쩍 들어 앉힌다.

"헤헷~!"

금세 준휘는 다섯 살 아이로 돌아온다.

"게보린 사러 갈까?"

"게보린? 많다 아입니꺼."

마늘을 쪽쪽 쪼개다 말고 준휘 할머니가 외친다.

"두부 좀 사 오이소. 저녁에 된장이나 끼리 묵고로. 야?"

"응."

추분점을 지났지만 하오의 태양은 여전히 따갑다. 할아버지는 아이의 바람을 들어주는 일로 그날의 보람을 느낀다. 뒤에서 높게 당겨 묶은 아이의 머리카락만 보아도 피로가 녹는다. 아이에게 얽힌

나에 살던 고향은

사연도 한몫하겠지만 사랑을 쏟게 할 만한 꼬투리를 이 아이는 가지고 있다. 선(善)함. 할아버지는 그것을 그렇게 여겼다.

자전거가 당초의 목적지를 향한 노선에서 벗어난다. 두부를 파는 가게가 가까워 부러 돌아가는 것을 준휘는 안다. 그러면서도 웃음 띤 목소리로 묻는다.

"할아버지! 이 길 아닌데?"

"아이쿠! 앞에서 안내양이 길을 잘 안내해야지!"

"아이쿠! 기사가 운전을 똑바로 해야지!"

"앞에서 안내양이 잘 안내를 해야지!"

"기사가 운전을 똑바로 해야지!"

준휘와 할아버지의 웃음소리가 포개진다. 어제도 같은 이야기를 하며 웃었지.

그렇게 이 골목 저 골목을 너불너불 지나 큰길과 이어진 아래 동네로 막 접어드는데 점방 앞에서 상도 없이 평상에 주질러앉아 탁주를 들이켜던 순지 할아버지가 불러 세운다.

"오데 가는갑네!"

가죽과 뼈뿐인 손으로 막걸리 사발을 바닥에 놓고 김치를 집어 올린다. 거무튀튀한 손에 김칫물이 밴 두 손가락만 불그죽죽 생기가 돈다.

"응, 우리 솔려하고 두부 사러."

할아버지가 한쪽 다리를 내려 자전거를 세웠다. 자전거와 함께 기울어진 몸을 바로 잡으려 엉덩이가 쏠린 방향과 반대 방향으로 어깨를 옮기며 준휘가 인사한다.

"안녕하세요?"

"오야, 준휘야. 우리 순지 인자 다 나았다."

순지는 준휘랑 같은 해 같은 달에 태어났다. 몇 번을 친구라고 일러 주어도 순지는 준휘에게 꼬박꼬박 언니라고 불렀다. 준휘보다 덩치도 훨씬 크고 사실 며칠 앞서 태어났지만 순지는 그게 편하다고 했다. 아무래도 '준휘야'라는 말이 나오질 않는다고. 그렇게 오랫동안 지내니 정말 준휘는 언니가 된 것 같았다.

"맞아요? 그러면 두부 사고 오는 길에 들를게요."

담뱃진에 절어 시꺼멓게 성긴 이를 드러내며 순지 할아버지가 웃는다. 순지 할아버지는 한때 동네에서 제일가는 술꾼이었다. 왜 한때인가 하니 순지의 아빠가 대를 이어 제일가는 술꾼이 되었기 때문이다.

"볕이 덥다. 너무 많이 자시지 마소!"

준휘 할아버지가 한쪽 발을 구르며 내린 발을 자전거에 막 올리려는데 점방 옆 골목에서 순지의 땟국이 낀 얼굴이 볼쏙 나타났다.

"언니야!"

"응, 순지야! 좀 괜찮나?"

"응, 인자 다 나았다. 언니 오데 가나?"

며칠 감기에 걸려 앓았던 순지는 핼쑥하다. 순지를 알고 처음 있는 일이다.

"응, 두부 사러."

"두부 사러 가지 말고 내하고 놀면 안 되나?"

준휘가 말없이 할아버지를 뒤돌아 올려본다.

"순지하고 놀아라. 두부는 할아버지 혼자 사러 갈게."

" …"

며칠 만에 만난 순지가 반갑지 않은 것은 아니지만 준휘가 먼저 나서자고 한 길이고 홀로 남겨지는 할아버지가 외롭게 느껴져 준휘는 쉬이 대답이 나오질 않는다.

"순지하고 놀아라. 할아버지 퍼뜩 갔다 올게. 너무 늦게 놀지 말고 해 넘어가기 전에 온나. 알았제?"

"응. 내일은 꼭 같이 가자. 할아버지"

엉거주춤 발을 내려 딛으며 준휘가 말한다.

"우야! 재미있게 놀다 온나."

바싹 다가서 다그치는 순지에게 시달리며 준휘는 할아버지의 자전거가 아슴푸레 멀어질 때까지 한참을 쳐다본다.

"언니야, 그만 들어가자."

"응."

"할아버지가 그래 좋나?"

"그래도 니하고 놀잖아."

"헤헷."

말간 콧물을 지르르 흘리며 헤실헤실 웃는다. 순지는 제 손을 바지에 슥슥 문질러 닦고 준휘의 손을 잡아 골목 안으로 이끈다.

"우리 인형 놀이하자. 내 아플 때 우리 아빠가 종이 인형 사 줬는데 내가 다 오려 놨다."

"아빠가?"

"응. 라라와 미미. 나는 라라가 좋은데 언니가 라라 좋으면 라라 해도 된다."

"아빠가 진짜 종이 인형 사 줬다고?"

믿기지 않는다는 표정으로 준휘가 재차 묻는다.

순지 아빠는 술에 취하는 날 마룻바닥을 치며 눈물 없는 통곡을 몇 시간이나 하는가 하면, 어떤 날엔 혼잣말을 하며 또 몇 시간을 줄줄 눈물을 흘리기도 하는데 그럴 때면 주위에 아무도 보이지 않는 사람 같았고, 술은 매일 취할 때 까지 마시기 때문에 순지에게 무엇도 사다 주는 일이 없기 때문이다.

"그렇다니까. 아빠가 내 아프다고 머리도 만져 주고 투게더 아이스크림도 사 주고 종이 인형도 사 줬다."

"우와~! 순지 좋겠네. 그래서 순지가 빨리 나았는갑다."

골목 끝, 삭아서 아래쪽이 꺼무꺼무하게 떠 모양이 없는 순지 집 대문을 둘이서 막 들어서려는데,

"잠깐만."

순지가 멈춰 선다.

"왜? 순지야. 어디 아프나?"

순지의 얼굴이 일그러진다.

"언니야. 언니 집에 가자."

"왜?"

"내 똥 마렵다."

"아잇. 진짜!"

"내 종이 인형 챙기 올게."

"됐다. 우리 집에 많다. 그냥 가자."

순지는 순지 집 변소를 싫어한다. 나무로 만들어진 바닥도 위태 위태하지만 그조차도 아래의 내용물과 곧 닿을 것 같기 때문이다. 그래서 순지는 항상 변이 마려우면 준휘 집으로 달려오곤 했다.


단단한 대문이 콰당탕 소리 나게 열린다. 모여 있던 사람들과 돗 자리는 각자의 위치로 돌아가고 준휘의 할머니는 마루에서 파리를 잡고 있는 중이다. 순지가 와락 뛰어들다 엉겁결에 꾸벅 절을 한다. 부리나케 내지르는 순지를 뒤따라 준휘도 집으로 들어섰다. 준휘

할머니의 눈살이 찌푸려지지만 순지는 구차스러움을 돌아볼 만한 여유가 없다.

"할머니! 두부 사러 가는 길에 순지를 만나서… 할아버지가 순지랑 놀아라 그래서… 할아버지 혼자 두부 사러 간대."

할머니는 잡은 파리를 마루 위 벽돌을 쌓아 만든 어항에 던져 주었다. 금붕어들이 입을 뻐끔거리며 달라드는 소리가 들린다.

"순지하고 머리 맞대지 말고 놀아라."

하고 할머니는 부엌으로 들어갔다.

변소로 들어간 순지가 자신의 인기척을 들을 수 있게 준휘는 변소와 가장 가까운 마루 끝에 앉아 노래를 흥얼거린다. 할머니는 순지 머리에 있는 이가 준휘에게 옮을까 걱정했는데 할머니는 그런 식으로 같이 어울렸으면 하는 아이들과 그렇지 않은 아이들을 표현하곤 했다.

"아~! 언니야. 살았다. 하아~!"

변소에서 나온 순지가 어깨를 늘어뜨리고 벌쭉거리며 웃는다.

"시원하나?"

"응, 집에서 아픈 동안 변소 가는 게 제일 힘들었다."

말이 끝나기 무섭게 순지는 닿은 자리에서 아무렇게나 신발을 훌훌 벗어 던지고 마루에서 두 번째, 할머니와 준휘가 함께 지내는 방으로 쏙 들어간다. 순지의 신발을 주워 방에서 가까운 신돌에 신발을 가져다 정리하고 뒤따라 자신의 신발을 벗어 가지런히 하고 난 뒤 준휘도 방으로 들어갔다.

나에 살던 고향은

"순지야, 뭐 하노?"

구석에 납작 엎드려 코를 박고 엉덩이를 치켜세운 순지의 모습이 어느 집에서 키우는 똥개와 닮았다. 가까이서 보니 할머니의 찹쌀모찌에 코를 박고 킁킁거리며 혀까지 날름날름 박자에 맞춰 좌우로 움직이는 중이다.

"순지야, 뭐 하는데?"

곤혹감과 민망함에 준휘의 얼굴이 일그러진다. 준휘가 묻는데도 순지는 들은 체 만 체 오히려 보란 듯이 혀를 더 빨리 좌우로 날름거린다. 순지는 찹쌀모찌를 얻어먹기 위한 일 외에는 아무것도 생각지 않는 듯했다.

"습습, 아! 찹쌀모찌 맛있겠다. 하나만 먹으면 소원이 없겠다."

입맛을 쩝쩝 다시며 목젖이 떨어지도록 군침을 삼킨다.

"순지야, 그거 내 꺼 아니다. 할머니 꺼다."

"아! 찹쌀모찌 먹기 전에는 아무것도 못 하겠다. 습습. 내 아플 때 찹쌀모찌 사 달라고 할걸. 습습."

좌우로 뾰족 짧게 다니던 혀가 이제 콧구멍까지 올라간다. 여차하면 납죽 물어 갈 판이다.

"이거 할머니가 아끼는 건데⋯."

순지의 콧구멍과 혓바닥의 움직임이 더욱 격렬해진다.

"아! 찹쌀모찌. 습습. 딱! 진짜 딱 한 개만 먹으면 좋겠다. 습습."

순지의 혀가 이제 찹쌀모찌 뚜껑에 닿을 만큼 내려왔다. 호랑이보다 더 무서운 게 찹쌀떡이었나? 곶감이었지. 참. 무튼 지금 이 순간엔 순지가 호랑이보다 더 무섭다.

"그러면 딱 한 개만 줄게."

"오예! 오예!"

준휘는 조심스레 투명 뚜껑을 열고 찹쌀모찌 하나를 꺼내서 순지에게 준다. 순지는 누가 뺏어 먹을까 입 안에 떡떡 달라붙는 찹쌀모찌를 어귀적어귀적 대충 씹어 순식간에 꿀꺽 목구멍으로 넘겨 버리고 손가락에 붙은 하얀 가루를 착살맞게 빨아먹는다. 넋을 빼놓고 지켜보던 준휘는 순지가 자신의 손가락까지 빨아 먹을라 퍼뜩 자신의 손에 묻은 가루를 털어 낸다.

"언니도 한 개 먹어라. 완전 꿀맛이다."

"괜찮다. 나는 찹쌀모찌 안 좋아한다."

준휘는 말을 이렇게 하면서도 목젖이 닳았다.

"이걸 안 좋아한다고?"

"응, 나는 그거 목이 맥혀서 안 묵는다."

준휘의 목젖이 다시 꿈틀꿈틀 움직이지만 순지는 눈치채지 못한다.

"희한하네."

순지가 커다란 얼굴을 갸웃거린다.

"이제 인형 놀이하자."


두부를 넣고 끓인 짭조름한 된장과 갖가지 반찬을 양푼 냄비에 한가득 오물조물 비벼 열무김치를 칭칭 감아 저녁을 먹고 나니 온몸이 나른해 왔다. 준휘는 까슬한 모시 잠옷을 입고 마루에 누워 하

26 　　　　　　　　　　　　　　　　　나에 살던 고향은

나둘씩 뽀윰하게 커지는 불빛과 별빛을 바라본다. 산동네에 사니 하늘과 땅 아래를 한꺼번에 볼 수 있어 참 좋다. 때마침 서늘한 바람이 살금살금 준휘의 목덜미를 간질이고 귀뚜라미와 방울벌레가 얌전히 울기 시작했다. 저녁 먹기 전에 먼저 피워 둔 모기향의 재가 동강동강 원을 한 바퀴 돌아 나가자 할아버지는 새것을 꺼내 불을 댕겨 놓고 먼저 것을 챙겨 부엌방으로 간다.

"준휘야! 들어가서 누워라. 모기 물린다."

할아버지가 준휘의 발바닥에 입을 맞춘다.

"아히히, 간지러워! 할아버지!"

준휘가 몸을 이리저리 굴리며 까르르 웃음을 터트린다.

"잘 자라! 우리 강생이."

"응. 할아버지도 좋은 꿈 꿔."

준휘가 일어나 할아버지 볼에 입을 맞추고 발이 처진 방으로 들어갔다.


요강을 마루에 올려놓고 방으로 들어온 할머니는 모기가 들어올까 발을 꼼꼼히 정리하는 것으로 하루를 마무리한다. 자리에 앉아 물이 차서 부푼 무릎을 펴 주무르고는 하루의 일과를 마치고 받은 포상인 듯 살포시 찹쌀모찌를 하나 꺼내 준휘에게 먼저 내민다.

"준휘야, 요거 하나 묵어 봐라. 얼마나 맛있게?"

"안 해. 나는 찹쌀모찌 목 맥혀서 안 좋아한다니까."

준휘는 도리질을 하며 엉금엉금 기어와 할머니 다리를 주무른다.

"참 내. 이게 얼마나 맛있는데 한 입만 무 봐라."

"안 한다고. 할머니 다 먹어라."

준휘가 딴청을 한다.

"할머니!"

"와?"

"아끼지 말고 하나 더 먹어. 저번에도 아끼다가 상해서 버렸잖
아."

"그라까."

할머니가 찹쌀모찌 하나를 더 꺼내 팥알을 하나씩 더해서 꼽는
듯 먹는다.

"할머니!"

"와?"

"내 이다음에 커서 돈 많이 벌어 가지고 매일매일 찹쌀모찌 백 개씩 사 줄게."

할머니의 눈빛에 뭉클한 기쁨과 슬픔이 함께 묻어난다.

"내가 그때까지 살아 있긋나."

"할머니!! 그런 말 하지 말라니까!"

준휘의 동그란 눈에 금세 눈물이 찬다.

"우야, 내 강생이야. 아이고, 내 새끼야. 할머니 오래오래 살아서 우리 준휘 훌륭한 사람 되는 거 꼭 봐야지."

할머니는 밭은기침을 뱉으며 거친 손으로 준휘의 부드러운 얼굴을 조심스레 쓰다듬는다.

밤이 이슥해진다. 몸은 고단해도 마음은 화목하다. 약고 닳아빠진 삶의 저녁에 찾아온 아이다. 이 아이로 인해 자꾸만 착해지고 싶고 지혜롭고 싶다고 할머니는 생각한다. 그리고 자꾸만 더 오래 살고 싶어진다.

# 2.

## 영애와 장호, 그리고 별

"김밥 참 예쁘다."

김밥을 썰고 있는 고모 곁에서 찌부러진 김밥 꼬투리를 주워 먹으며 영애가 말한다.

"기기김바빱 애애애예뿐나. 다… 다… 다행이다."

고들고들한 밥으로 김밥을 말았더니 밥알이 도마에서 연방 뒹군다. 그래도 영애는 행복감이 퍼진다.

"응. 김밥 예쁘다. 초록, 노랑, 빨강."

말하기에 대한 어려움의 정도가 일그러지는 얼굴에서 그대로 드러나는 영애의 고모는 지적 장애를 가지고 있다. 정확히 어느 기관에서 검사를 받아 본 일은 없지만 동사무소에서 어느 날 나온 사람이 '바보' 대신 불릴 수 있는 호칭을 처음으로 알려 주었는데 사람들은 여전히 영애의 고모와 영애의 할아버지, 그리고 영애의 동생을 '바보'라 부른다.

"도도… 도, 도시라악 토통에 느… 느어 무까?"

"응, 좋아! 좋아!"

어제 유치원에서 봄 소풍을 떠나는 동네 아이들을 대문 앞에서 얼마간 바라보던 영애였다. 그 모습을 지켜본 영애의 고모가 오늘 시금치와 계란, 김치를 넣고 김밥을 쌌다.

용마산 아래 연탄 가게 손녀로 태어난 영애는 형편이 어려워 유치원에 다닐 엄두조차 내지 못하는 다수의 동네 아이들 중 한 명이었다. 할아버지와 고모는 연탄 가게 일을 맡고 아빠와 엄마는 각각 철공소와 봉제 공장에 나가기 때문에 한 살 터울 동생을 연탄 수요가 줄어드는 여름만 제외하고 영애가 혼자 돌봐야 하는 처지라 유치원에 다닐 수가 없었다.

장애의 유전이 비켜 간 올해 여섯 살이 된 영애는 '정상의' 또래 아이들보다 오히려 영특해 일을 마치고 돌아온 엄마로부터 틈틈이 글을 배워, 읽고 쓰기를 터득할 만큼 영리한 아이다. 그런 영애는, 영애를 낳고 동생을 낳은 각각의 보름을 제외하고 아침 일찍부터 저녁 늦게까지 봉제 공장에서 사는 엄마의 모든 희망이고 자랑이었다.

영애의 엄마는 배우지 못하고 생활환경에 질서가 없는 영애의 친구들 앞에서 영애에게 글을 읽게 하고 그것을 자랑하며 같은 일을 수행하지 못하는 친구들에게 은근 면박을 주곤 했는데, 이 일은 실로 군색한 연탄 가게에 삶의 멍에가 묶여 있는 영애의 엄마에게 큰 동력이 되었다.


"짜자… 장호 부부불르라."

재생음이 자꾸 끊겨 고품이나 다름없는 텔레비전 앞에 멀뚱히 앉아 있는 장호를 영애가 데려온다.

"장호야, 우리 오늘 소풍 왔다."

"…."

무언가를 설명하려다가 영애는 이내 입을 다물고 김밥을 집어 동생 입에 먼저 넣어 준다. 장호는 고모처럼 말을 심하게 더듬지 않는 대신 표현 언어가 세 살 정도 수준이었는데 아마도 수용하는 언어 능력의 정도를 반영하는 것 같았다.

장호는 긴급한데 표현이 안 돼 답답할 때, 혹은 화가 나는데 표현이 안 돼 답답할 때, 그 정도의 크기만큼 소리를 질러 댔고 답답함은 수시로 일어났다. 가족들은 장호가 소리를 지르기 전에 무엇이든 챙겨 주려 했는데 그래서 장호는 스스로 할 수 있는 기회를 갖지 못했고, 필요한 것을 말로 해 보려 하기 전에 해결이 되므로 사고력과 말은 더욱 늘지 않았다.

"꼭꼭 씹어서 먹어라."

동생에게 물을 떠다 주고 김밥 하나를 입에 다시 넣어 준 뒤 영애도 나무젓가락을 쪼개 먹는다. 이렇게 둘러앉아 도시락 통에 든 김밥을 먹으니 정말 소풍을 온 듯한 기분이다.

"장호야, 우리 오늘 소풍이니까 김밥 먹고 누나랑 과자 사 먹으러 가자. 야쿠르트도 사 줄게."


김밥을 먹은 후 장호를 데리고 나온 영애는 집에서 가까운 산호슈퍼 대신 조금 더 걸어서 용마상회로 갔다. 산호슈퍼에는 장호랑 같은 나이의 계집아이가 살고 있는데 마주칠 때마다 장호를 빤히 처

나에 살던 고향은

다보며 계산하는 아빠를 쿡쿡 찌르곤 했다. 영애는 '바보'라고 놀리는 아이들만큼이나 그 계집아이가 싫어서 그 점방에는 가지 않는다.

*소련 우크라이나 공화국의 한 원자력 발전소에서 최근 원자로 파손사고가 발생하여 수 명의 희생자가 발생했다고 소련 관련 통신 타스가 28일 공식 시인했습니다.*

점방을 들어서자 검정 외장의 컬러텔레비전이 눈에 확 들어왔다. 아랫동네에서 금방을 하는 아들이 바꿔 줬다고 주인할머니는 점방을 오가는 사람들마다 묻지도 않는데 부러 알려 주었다. 텔레비전의 소리는 이른 아침부터 늦은 밤까지, 할머니의 청각이 의심될 정도로 커 점방 밖에서도 할머니가 무슨 프로그램을 시청하는지 훤히 알 수 있었다.

점방에 달린 방에는 텔레비전 말고도 커다란 장롱과, 그것과 조화를 이루는 화장대, 그리고 전화기를 올려 두는 문갑 등등이 있었다. 그 모든 것들과 함께 주인할머니가 혼자서 거주하는 방은, 짐이라곤 비키니옷장 하나가 전부인 네 식구가 묵는 영애네 방보다 훨씬 넓었다.

영애는 50원짜리 빅파이 두 개와, 잠시 망설이다 100원 하는 작고 맛있는 야쿠르트 대신 80원짜리 조아 야쿠르트 두 개를 골라 고모에게서 받은 용돈 300원과 함께 내민다.

"주리 40원 주세요."

영애가 또랑또랑한 목소리로 말한다. 셈을 곧잘 하는 영애가 기특한 점방 주인은 미소를 지으며 영애의 손 위에 10원짜리를 하나씩 네 번에 걸쳐 얹어 주며 말한다.

"할아버지한테 연탄 삼십 장만 배달해 달라고 전해라."

*서울대생 이천여 명이 29일 낮 교내 아크로폴리스 광장에서 전방 부대 입소 훈련 거부와 동료 학생 두 명의 분신자살 기도 사건과 관련하여 전면 수업 거부 등을 결의하고 교내 시위를 벌였습니다.*

컬러텔레비전이 쉴 새 없이 떠든다.

"저 문디 손들이, 뼈 빠지게 부모가 벌어서 공부 갤키 놨드만…. 쯧쯧, 영애야! 니는 난주 커서 저런 거 배우지 말그라."

영애는 왜 대학생들이 좋은 날씨에 소풍이나 가지 않고 저렇게 힘든 일을 하는지 이해가 잘 가지 않았다. 그리고 하고 싶은 말을 하게 두면 듣고 싶은 사람은 듣고 그렇지 않은 사람은 관심이 없을 텐데 왜 나라에서는 못 하게 막는지도 의아했고 서로 싸울 것 같으면 몽둥이나 방패를 똑같이 가지든지 버리든지 해야 공평한데 그렇지 못한 대학생들이 불리해 보였다. 그래서 이왕 싸움을 꼭 해야 한다면 대학생들이 이겼으면 좋겠다는 생각을 하며 점방을 나섰다.

점방 앞 평상에서 장호와 나란히 앉아 빅파이를 먹고 있는데 영애가 있는 곳에서 약간 더 우측으로 펼쳐진 맞은편 평상으로 낯익은 두 아이가 나와 상을 올려놓고 그림 그리기를 시작한다. 통장 집 손녀 김준휘와, 그리고 그 아이와 항상 같이 다니는 최권우다. 둘은 동네에서 드물게 하얗다는 공통점과, 사실 권우는 창백에 가깝지만, 남녀라는 차이점이 있는데 유치원 원복을 나란히 입고 지나갈 때 가방에 달린 이름표를 보고 영애는 그 아이들의 이름을 예전부터 알고 있었다. 하지만 그 아이들이 자기의 이름을 알진 못할 것이라고 생각하며 영애는 남은 빅파이를 입에 넣고 오래 씹는다.

  흘끗흘끗 곁눈질로 맞은편을 살피며 영애가 야쿠르트를 뜯어 장호 손에 쥐여 주고 자기 것을 뜯어 막 한 모금 마시려는데 저쪽 편 골목 끝에서 쌀가게를 하는 집 뚱땡이 녀석과 그 패거리들이 나타났다. 영애는 마시던 야쿠르트를 황급히 털어 넣고 반쯤 남은 것을 점방 앞 쓰레기 박스에 냅다 던져 버린 뒤 장호의 손을 잡고 일어나 도망치듯 무리의 반대편으로 내달린다. 헐레벌떡 모퉁이에 다 닿으려는데 갑자기 장호가 손을 뿌리치고 왔던 길을 돌아 달아난다.

  "장호야!!"

  영애는 째지게 고함을 질렀지만 장호를 잡으러 가지 않는다. 준휘와 권우 앞에서 저 불한당들의 놀림감이 되는 것은 생각만으로도 너무 창피했다.

  장호는 점방 앞까지 뛰어가, 놓고 온 자신의 야쿠르트를 들고 다시 누나 쪽으로 달려온다. 장호가 발을 돌릴 때마다 반동으로 야쿠르트가 장호의 손을 타고 줄줄 흘러내린다. 준휘와 권우가 있는 평상을 지나 장호가 정신없이 달리는데 야무지지 못한 걸음발이 하수구 구멍에 잡혔다. 그 바람에 앞이 막힌 장호의 고무 슬리퍼 한 쪽을 하수구 구멍에 빼앗기지만 얼마간 장호는 그대로 달음질을 이어 간다.

영애는 불쾌한 흥분과 초조에 속이 몹시 울렁거렸다. 애가 타고 조마조마하면서도 몸이 졸아붙은 듯 막막하여 지켜만 볼 뿐 장호에게 가지 못한다.

달리는 것을 멈추고 잠시 머뭇하는가 싶더니 장호가 나머지 슬리퍼를 벗어 야쿠르트를 쥐지 않은 손에 들고, 맨발로 신이 벗겨진 곳으로 다시 달려가 슬리퍼를 놓고 신는데 짝짝이로 발을 끼워 넣는다.

"야! 바보 왔다. 바보!"

나에 살던 고향은

그 모습을 지켜보던 패거리들이 와글와글 장호에게 몰려온다.

"야이! 바보야! 드럽게 야쿠르트 냄새! 윽~!"

"개미가 야쿠르트 냄새 맡고 와서 니 살 다 뜯어 먹겠다."

무리들이 낄낄거리며 놀린다.

패거리와 맞서 혼자 싸운다는 일이 어떤 것인지 도저히 떠올릴 수 없는 영애는 멀리서 부들부들 노려만 본다.

"야! 니 신발 반대로 신었다. 바보다 바보!"

뚱땡이가 장호의 코 바로 앞에 얼굴을 들이밀고 혀를 돌려 가며 놀리자 장호가 뚱땡이를 밀어 버린다. 그 바람에 얼마 남지 않은 야쿠르트가 뚱땡이의 바지로 좌르르 쏟아졌다. 해뜩 돌아서서 내달아 도망치려는 장호를 무리들이 거머잡는다.

"아이 씨! 더럽게! 윽! 야쿠르트 냄새. 옷 다 베렸다. 마! 바보 새끼야! 니 맞아 죽을래?"

침을 튀겨가며 소리를 빽빽 지르던 뚱땡이 녀석의 손이 막 올라오려는 찰나,

"시끄럽네!"

낭랑하고 무신경한 목소리의 방향을 찾아 일제히 고개를 돌린다.

모두의 시선이 한쪽 뺨으로 모이길 기다렸다가 준휘가 연필을 팽그르르 내려놓는다. 몸을 틀어 평상 아래로 발을 내려 운동화를 신는 준휘의 동작이 여유롭고 정확하다. 신발 신기를 마쳤다는 의미인 듯 가볍게 운동화를 쓸어내리듯 톡 건드린 준휘가 이번엔 재빨리 고개를 들어 주저 없이 단번에 뚱땡이를 쏘아본다. 선이 고운 얼

굴에 반듯이 트인 이마 아래로 새까만 동공이 멀리서도 분명하다. 나푼나푼 걸음을 옮긴 준휘가 장호 앞을 막아선다.

"돼지 냄새!"

"뭐라고?"

"'역지사지'라고 들어봤나?"

"뭐라 씨불이노? 가시나가!"

"아! 상놈이라 못 알아듣는가 보네! 똑같이 당하니까 기분 더럽제? 라고! 내가 방금 한 말이."

"미쳤나? 이 가시나가 죽고 싶나?"

되는대로 말을 받으며 위협을 줄 요량으로 주먹을 높이 올리며 고함을 치는데 하고 있는 말이 채 끝나기도 전에 준휘가 얼굴을 바싹 갖다 댄다.

"니! 그 주먹으로 내 털 오라기 하나라도 건드리면 그대로 너거 아버지한테 달려가서 이를 거다. 내한테! 가시나 소리 한 번만 더 해도 너거 아버지한테 달려가서 이를 거다."

목소리는 낮추었지만 준휘의 말소리는 놋쇠 양푼 두드리듯 뚜렷하다. 기가 꺾인 뚱땡이는 본인도 모르게 뒤로 물러서며 무서운 아버지의 모습을 떠올린다. 명확하고 분명한 준휘의 태도로 견주어 볼 때 곧장 아버지에게 달려가서 이르겠다는 준휘의 말은 풍이 아님이 확실하다.

"돼지 말고 뭐 또 있네!"

"뭐라고?"

"미련하기가 곰 같아서."

"뭐?"

"신발 짝짝이로 신었다. 애!"

뚱땡이가 자신의 신발을 흘긋 내려다보더니 발끝을 꼼지락거린다.

빈정거림을 멈춘 준휘의 얼굴이 웃는다. 비웃음이다. 회복하기 어려울 정도의 치명상이다.

"그리고."

또 무슨 말을 할까. 잿빛으로 변한 뚱땡이의 얼굴에 굵은 땀방울이 흘러내린다.

"애 이름은 바보가 아니라 장호다. 이 돼지 곰탱아!"

말을 마친 준휘가 성가시다는 표정으로 손사랫짓을 하며, '집에 가라.'는 말을 대신한다.

무슨 이런 가시나가 다 있나, 내가 여기서 물러가면 이 녀석들이 나를 우습게 볼 텐데, 골목을 돌아 나가 신발을 고쳐 신고 나서 화풀이도 하고 겁도 줄 겸, 눈빛으로 웃는 놈을 하나 골라 실컷 때려 줘야겠다고 속엣말을 하며 뚱땡이는 온 데로 무리들을 몰아 돌아가는데 신발이 짝짝이가 아니다.


끝까지 지켜보고 섰던 준휘가 장호의 손을 잡아 권우가 있는 평상으로 데려간다. 권우는 고개를 살짝 기울인 채로 빙긋이 웃고 있다.

영애는 그 자리에서 여전히 지켜만 본다. 평상에서 권우와 준휘가 장호를 앉혀 놓고 머리를 모아 무엇인가를 하는데 영애가 있는 곳에서는 잘 보이지 않는다. 잠시 후 장호가 신발을 혼자 신고 다시 벗기를 몇 번 반복해 본다. 권우가 무어라 이야기하면서 장호의 머리를 쓰다듬는다. 장호가 신발을 다시 한번 벗어서 고쳐 신고 영애에게 달려오는데 장호의 신발이 짝짝이가 아니다.

"장호야!"

"누나! 저 형아가 별 여기하고 여기. 별끼리 신는다."

장호가 슬리퍼를 벗어 한쪽 발등과 한쪽 신발 안쪽에 사인펜으로 별이 그려진 것을 보여 준다. 그러고선,

"형아 발에도 별 있어. 신발 짝짝이로 많이 신는다. 바보 아니라고 했어."

영애는 부끄럽기도 하고 고맙기도 해서 얼굴이 붉어진다. 준휘와 권우는 그새 자리를 정리하고 어딘가로 가 버렸다. 다음에 만나면 용기를 내서 먼저 인사해 봐야겠다, 장호 이름을 알고 있다면 내 이름도 알지 모르겠다, 잘하면 친구가 될 수도 있겠다, 그 모습을 상상해 보는데 그만 얼굴이 더욱 붉어지고 만다.

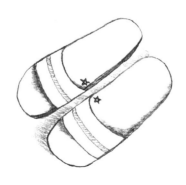

# 3.

## 아빠

한쪽에서 시작한 박동성 두통이 관자놀이를 돌아 머리 반대쪽에
이른다. 꿈을 꾼 것 같은데, 언뜻언뜻 일어서는 기억은 팔딱대는 통
증으로 단절된다. 담요 속에 묻힌 몸이 더웠고 누릿한 쇳내가 풍기
는 입속은 다급한 갈증으로 아우성이다.

안순은 몸을 끌어내 머리맡에 놓인 주전자의 꼭지를 거푸 빨아
댄다. 그러나 밤새 구들장에 데워진 미적지근한 물은 타는 듯한 갈
증을 면해 주지 못했다. 젖은 입을 손바닥으로 슥 훔치고 자리에 도
로 누워 보지만 전날 방책 없이 들이부은 술은 얄짤없이 그대로 돌
려줄 요량이다.

안순은 이내 몸을 세워 게보린을 찾아 미적지근한 물과 함께 들
이켠다. 잠들기를 단념한 안순은 습관처럼 재떨이 쟁반을 끌어다
담배에 불을 붙이는데 왼쪽 허벅지 바깥쪽으로 따끔대는 통감이
전달된다.

"아이 씨, 또 뒀나?"

담배를 입에 물고 앉은 채로 바지를 내려 보니 지난번에 덴 자국
아래로 물집이 잔뜩 찬 부푼 살갗이 보였다.

"아이 씨."

내린 바지를 그대로 하고 담배를 마저 피운다. 그때 방 바로 앞, 조그만 부엌에 달린 바깥문이 열리는 소리가 들린다. 부엌이라고 해 봤자 한 평 남짓, 이내 방문이 배깃이 열리고 그 사이로 준휘와 할머니의 얼굴이 아래위로 포개져 볼쏙 들어온다.

"엄마~ 일어났네!"

엄마가 아직 깨지 않았을까 살며시 문을 열던 준휘가 나머지 방문을 다르랑 열어젖히고 들어온다.

"할머니하고 시장 가다가 엄마 잘 자나 싶어서 엄마 집에 가 보자고 내가 말했다. 엄마! 근데 왜 바지를 내리고 있노?"

"됐다."

"또?"

준휘의 얼굴이 일그러진다.

"뭘 하나 깔고 자라 캐도."

할머니가 따라 들어와 작은 창문을 열어 환기부터 시킨다.

"휘야! 약통당새기 좀 가온나."

담배를 비벼 끄며 안순이 말한다. 바늘로 물집을 터트려서 휴지로 아래쪽을 받쳐 닦아 내고 약을 발라 거즈를 덮는 안순의 동작이 능숙하다. 처치가 끝나는 동안 준휘는 얼굴을 파묻고 보지 않는다.

"옴마! 찬물 좀 꺼내 주이소!"

할머니가 커다란 스텐 국그릇을 찾아 냉장고에서 꺼낸 시원한 물을 한가득 부어 준다. 안순은 벌떡벌떡 단숨에 들이켠다. 할머니는 얼마 남지 않은 물을 마저 부어 주고 부엌에 쭈그려 앉아 뭉뚝한 손 끝으로 병을 씻는다.

"준휘 애비 전화 왔더라."

태연하게 말을 내놓지만 준휘 할머니는 열린 문으로 할금할금 안순의 기색을 살핀다.

"준휘 아빠가? 와?"

준휘 아빠 이야기를 할 때면 늘 핏대를 드러내는 안순이 웬일인지 앙칼을 뺀 목소리로 묻는다.

"어린이날에 데리러 온단다. 돋섬 갈 끼란다."

할머니의 음성에 반가움과 불안함이 섞였다. 준휘는 가만히 눈치만 살핀다.

"같이 갈 끼제?"

할머니가 기대감을 짓누르며 은근한 말투로 물었다.

"내가 뭐 한다꼬!"

안순은 퉁명스럽게 말을 던지지만 걱세지 않다.


구름 꼬리에서 막 벗어난 햇볕을 받은 나뭇잎들이 눈에 띄게 푸르다. 평상에서 꾸벅꾸벅 졸던 노인의 얼굴에 내린 빛은 의욕으로 합성되어 잠시 놓았던 손을 다시 분주하게 만들었다. 봄의 입김이 뺀 5월의 일요일, 골목은 아이들이 노는 소리로 움이 텄고 그 소리는 온통 봄 노래 같아서 즐거웠다.

"앗싸! 이제 마지막 한 개 남았다."

순지가 껑충껑충 널뜀을 한다. 밥을 얼마나 먹고 나왔는지 두드리면 북소리가 날 것 같은 배를 하고 오리떼기 모양을 발라내느라 온 신경을 집중해 있다. 순지는 때가 낀 손톱으로 침을 묻혀 홈이 파인 곳에 바르고 바늘로 콕콕 찔러 신중한 손놀림으로 필요 없는 부분을 추려 낸다.

준휘도 순지와 나란히 앉아 같은 것을 하는 듯했으나 마음이 달떠 계속 실패를 하면서도 연신 싱글벙글거린다. 오리떼기를 하는 것도 먹는 것도 좋아하지 않는 권우는 장호와 함께 로봇을 가지고 놀면서 규칙적으로 순지를 쳐다보며 인상을 찌푸려 보이지만 눈치 없는 순지가 알아챌 리 만무하다.

"준휘야, 니 기분 좋은 일 있나?"

얼마 전부터 친구가 된 영애가 묻는다.

"응?"

"실패하는데도 계속 웃잖아."

"아~! 내일 아빠 온다고 해서."

발그름한 홍조가 준휘의 얼굴에 비낀다.

"너거 아빠 어디 갔나?"

"응. 우리 아빠 돈 벌러 미국 갔거든."

"미국?"

"응. 근데 내일 어린이날이라서 내랑 돝섬 간다고 미국에서 온단다."

"돝섬?"

나에 살던 고향은

영애가 눈을 동그랗게 뜨고 묻는다.

"뭐라고? 언니, 니 내일 돝섬 가나?"

순지가 용수철처럼 까부랑까부랑 몸을 솟구친다. 그 바람에 마지막 성공을 앞둔 오리떼기 별 모양의 아래쪽 발끝이 톡 하고 부러졌다.

"아이~씨! 조졌다!"

순지의 고함 소리에 권우가 아까보다 더 싫은 표정을 짓는다. 순지는 땟구정이 묻은 별과 나머지 잔해를 입에 털어 넣고 우적우적 씹으며,

"우와~. 진짜 돝섬 가나? 좋겠다. 언니야! 진짜 좋겠다."

한다.

"순지야! 언니 소리 좀 그만해라. 내한테도 언니라 하든가!"

영애가 핀잔을 준다.

"처음부터 그렇게 불러서 그렇다. 그냥 '언니야'가 이름처럼."

준휘는 순간 내일도 술에 취해 있을 순지 아빠가 떠올라 안쓰러운 마음이 들어 순지 편을 들어 준다.

"순지야! 내 없어도 변소 마려우면 우리 할머니 집에 온나. 할머니한테 말해 놓을게."

부러움이 괴로움이 되어 소금 먹은 푸성귀 모양으로 처져 있던 순지의 얼굴에 배시시 민망한 웃음이 오른다.


아침 일찍부터 서둘러 엄마 집에 온 준휘는 물을 뿌리고 참빗으

로 빗질해 가며 머리를 훑쳐 묶는 엄마의 억센 손을 묵묵히 참는다. 기억에서 가물거릴 때쯤 다시 만나는 아빠에게 좀 더 예쁘게 보이고 싶어서인데 모녀가 이심전심이다. 당겨 묶는 힘에 눈꼬리가 따라 올라가지 않도록 양손으로 눈 끝을 잡아 내리며 아빠와 함께하는 오늘의 장면들을 섬처럼 떠올려 본다.

머리 묶기를 마친 준휘는 아빠가 온다는 소식을 듣고 엄마가 얼마 전 새로 사 온 빨간 원피스 위에 한 벌로 된 케이프까지 두르고 일어나 심사를 받는다.

"옴마! 됐제?"

안순이 할머니에게 묻는다.

"하모! 천사가 따로 없네. 니도 같이 가라. 와?"

"츠, 내가 뭐 한다꼬?"

내쏘는 말과는 상반되게 안순의 모습은 이미 치장을 마친 상태다. 하룻밤 묵고야 가겠느냐마는 길어질 저녁 식사를 염두에 두고 오늘 하루 가게에 미리 휴무도 받아 놓았지만 내색지 않는다.

약속한 시간이 다가오자 할머니는 안순의 집 앞에서 서성인다. 멀찍이서 준휘 아빠의 모습이 보이면 안순이 채비할 수 있게 일러 주기 위해서다. 기다리기 잠시, 큰길과 이어진 동네 어귀에서 택시 한 대가 올라온다. 아래 큰길로는 간간이 다녀도 이 동네까지 나타나는 일이 드문 택시는 계속해서 꾸역꾸역 올라오더니 안순의 집 옆 산호슈퍼에서 멈추었고 할머니가 무엇을 추정하기 전에 뒷문에서 준휘 아빠가 내린다.

나에 살던 고향은

"어머니! 잘 지내셨어요?"

커다란 키에 매끈한 몸, 작고 하얀 낯빛에 잘생긴 코, 날씬한 턱선으로 하얀 치아를 드러내며 준휘 아빠가 할머니 손을 잡고 반갑게 인사한다. 준수한 모습과 다정한 서울말은 할머니의 증념을 일순간 사그라뜨린다.

'저 인물을 우얄꼬.'

한참 만에 만났지만 세월은 유독 준휘 아빠에게만 관대한 듯했다.

"잘 지냈나? 아이고, 여전하네."

바깥에 온 신경을 집중하던 준휘가 소리를 듣고 문 앞으로 나와 쭈뼛거린다.

"준휘야!"

준휘 아빠가 몸을 낮춰 아이를 안을 자세로 준휘를 반갑게 부른다.

"아빠!"

어줍던 모습도 잠시 준휘가 활짝 웃으며 달려가 아빠에게 안긴다. 안순도 나와 인사하지만 다가오지 않고 문 앞에 선 채다.

"일찍 왔네!"

"어? 응, 오늘 날씨 좋네. 준휘야 아빠하고 놀러 가자."

데면데면하게 안순을 향해 인사를 하고 준휘에게로 말을 돌린다. 동시에 지체할 수 없다는 표현으로 멈춰 선 택시에 시선을 준다.

"다녀올게."

준휘를 번쩍 들어 올리며 준휘 아빠가 말한다.

가슴이 서늘해진다. "다녀올게." 그 명료함에 명치끝이 저렸다.

같이 가려는 마음도 계획도 없구나.

"그래, 잘 갔다 온나."

마른침을 목구멍으로 삼키며 초라해지는 모습이 들킬까 안순은 퍼뜩 집 안으로 들어간다.

준휘 아빠를 향해 안타까운 시선을 할머니가 던져 보지만 준휘 아빠는 끝내 시선을 겹쳐 주지 않는다.

"준휘야. 아빠하고 오늘 재미있게 놀자. 동생도 왔어."

라며 준휘 아빠가 열린 택시 문 안쪽을 가리킨다.

"준영아, 할머니하고 언니한테 인사해야지."

"안녕하세요."

택시 안쪽에서 준휘 또래의 계집아이가 얼굴만 내밀고 인사한다.

"…"

할머니는 대꾸가 없다. 정확히는 대꾸를 잊은 것이다.

"누구야? 아빠!"

물망초 같은 눈망울로 준휘가 묻는다.

"으응, 준영이. 작은엄마 딸이야. 타! 준휘야. 가자. 다녀올게요. 어머니!"

"…"

할머니는 대꾸를 잊었다.


택시의 자취가 사라진 곳을 준휘 할머니는 황망히 바라본다. 봄바람이 거슬거슬 지나갔다. 할머니는 윤기 없고 거칠한 손 거죽을

나에 살던 고향은

몇 번 비벼 본다.

'우짜믄 좋노, 우짜믄 좋노.'

두 손가락으로 흐르는 코를 탱 풀어내고 안순의 집으로 들어간다.

'우짜믄 좋노. 애미 불쌍해서 우짜믄 좋노.'

안순의 집으로 들어온 할머니는 쓸데없이 찬장을 열어 양념장들을 들추어 보고 설거지가 된 그릇을 여기저기 옮겨도 본다. 걸레통에서 깨끗한 걸레를 다시 꺼내 빨며 방 안의 동태를 살핀다. 안순은 꿈쩍도 없이 등을 보이며 앉은 채다.

"내 시장 댕기올꾸마. 뭐 필요한 거 음나?"

방으로 들어가지 못하고 부엌에 서서 할머니가 말한다.

"야. 음소! 댕기오이소."

말꼬리에 힘이 없다. 안순은 택시에 타고 있던 준영의 일을 모르는 기색이다.

물러갔던 준휘 아빠를 향한 할머니의 증념이 다시 몰려온다.


"준휘야!"

구슬치기를 하는 시끄러운 아이들 틈으로 권우 목소리가 들린다. 권우가 부르는 소리를 좇아 준휘의 고개가 움직이지만 의식은 아직 따라오지 못한 듯 얼빠진 얼굴이다.

"영애가 구슬 빌려 달라잖아!"

"아! 응."

준휘가 함께하려고 가져 나온 자기의 구슬 봉지를 통째로 내민다.

"너 왜 그래?"

권우의 서울말에 아빠 생각이, 어제 일들이, 그리고 엄마 생각이 다시 난다.


택시를 타고 선착장에 도착해 많은 인파 틈에서 한참을 기다려 배에 오르기까지 준영이라는 아이는 쉴 새 없이 떠들었다.

"아빠, 저기 저 사람 미장원 아줌마 닮았다. 맞제?", "아빠, 영미 집 개가 예쁘나, 광호 삼촌 집 개가 예쁘나?", "아빠, 나중에 문방구에서 뽑기 한판 하고 가자. 어제 지영이가 문방구 갔다가 봤는데 뽑기 상품 싹 다 바꼈다더라.", "아빠, 저번에 그 왕관 핀 산 거 있잖아. 내가 하고 다니니까 지혜도 따라 샀더라. 똑같은 걸로. 어제 미술 학원에 하고 왔었다."

준영이가 "아빠, 아빠, 아빠…." 어쩌고를 할 때마다 아빠는 "정말 그러네, 닮았어.", "광호 삼촌 집 개는 예쁘긴 한데 너무 앙칼져서 싫어.", "뽑기? 있다가 보고."라는 식으로 호응을 해 주었는데 그 아무러한 말들에서 끈끈한 두 사람의 관계가 전해졌고 그것은 오랫동안 혼자 소외되어 왔다는 깨달음으로, 또 서러움으로 준휘에게 다가왔다.

주눅이 들어 있던 준휘가 가까스로 꺼낸 첫마디는 "아빠, 쟤가 왜 아빠한테 아빠라고 불러?"였는데, "우리 아빠거든!"라며 준영이가 쌍심지를 켜고 득달같이 달려드는 바람에 겨우 터진 말문이 다시 막혀 버렸다. 아빠는 "작은엄마 딸도 아빠라고 불러도 돼."라고 조

나에 살던 고향은

용히 일러 주었다. 그 말에 준휘는 왠지 핀잔받는 기분이 들어 더 주눅이 들고 말았다.

마치 말이 빼앗기면 아빠를 빼앗기기라도 한다는 듯 지극히 의도적으로 준휘를 처다봐 가며 하던 준영이의 종알거림은 뱃멀미로 말갛게 되고 나서야 잠잠해졌다. 그 틈에 아빠는 준휘에게 이것저것 물어도 보고 우스갯소리도 해 주었는데 배가 도착할 때쯤엔 희한하게도 준휘는 준영이처럼 아빠에게 스스럼이 없어졌다.

돝섬에 입장하자 간간이 토라지긴 했지만 준영이와도 금세 친해졌고 신기한 여러 동물들과 놀이기구들로 준휘는 기분이 좋았다.

돝섬에서 나와 저녁을 먹기 위해 갔던 아빠의 '여자' 친구 집에는 준영이보다 한 살 어린, 그러니까 네 살짜리 여자아이가 있었는데 희한하게도 이 아이 역시 준휘 아빠에게 '아빠'라고 불렀다.

아빠의 '여자' 친구 집에는 준휘가 너무 좋아하고 매우 갖고 싶어 하던 피아노가 거실에 있었다. 준휘는 피아노 학원에서 배운 '바둑이 방울'을 아빠의 요청으로 수십 번도 넘게 쳤고 그 순간 모차르트라도 보는 듯 감탄을 하는 아빠 때문에 준휘의 좋았던 기분은 매우 좋아졌다.

네 살짜리 꼬마 아이 엄마가 "애 옷이 이래서 불편했겠다."라는 말과 "그러니까, 생각이 없어. 놀이동산 가는데 애 옷을 어떻게 이렇게 입혀 보내."라는 아빠의 대답을 빼고는. 그리고 돌아와서 준영이라는 아이와 함께 갔다는 이야기를 했을 때 일어난 엄마의, 무진장 완곡하게 표현해서, '폭발' 빼고는.

"응? 아무것도 아니야."

엄마가 흥분해서 욕설을 해대며 그날 일들을 취조할 때 마구 움켜쥐고 흔들었던, 아마도 막아서는 할머니가 아니었다면 부러뜨려졌을지도 모를 양팔을 감싸며 준휘가 대답한다.

"너 오늘 유치원에서도 그렇고 어디 아픈 애처럼 이상해."

움츠린 준휘보다 더 자세를 낮춘 권우의 걱정스러운 말과 눈빛에는 오직 호의만 담겨 있다.

"권우야."

"응."

"…."

"말해 봐. 준휘야!"

"…."

권우는 끈기 있게 기다린다.

"권우야."

"응. 준휘야!"

"원래 작은아빠한테 '아빠'라고 부르나?"

"응?"

"그니까 작은엄마가 낳은 애가 우리 아빠한테 '아빠'라고 부르는 게 맞나?"

어제 폭발한 엄마에게는 꺼내 놓지 못한, 아니 꺼내 놓지 않은 이야기다. '우리 동네에서 제일 똑똑하고 나를 가장 좋아해 주는 권우는 아마 답을 줄 수 있을지도 몰라.' 준휘는 속엣말을 하며 권우를

나에 살던 고향은

간절히 쳐다본다. 한참을 물끄러미 바라보던 권우는,

"몰라!"

라며 오랜 시간 뜸 들인 것에 비해 너무나 명랑한 목소리로 간단하게 답해 버린다.

"준휘야?"

"응?"

"오리떼기 하러 가자!"

하며 권우가 준휘를 감싸듯 일으킨다.

"니 오리떼기 안 좋아하잖아!"

"응."

"근데?"

"너가 좋아하잖아. 가자!"

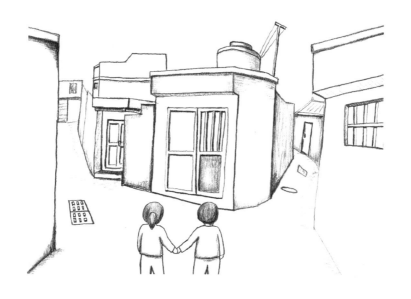

마른 돌담이 튕겨 낸 햇볕의 냄새를 맡으며 두 아이가 나란히 손을 잡고 걸어간다. 토실토실한 아지랑이와 함께.

공동의 추억이란 소중한 것이다. 어린 날의 것이라면 더욱이. 오늘 두 아이는 끈과 띠가 되어 서로 연결하고 소통 도리 할 공동의 추억을 또 하나 만들고 있는 중이다.

나에 살던 고향은

# 4.

## 뻥튀기와 세모

이번엔 제법 크게 불어진 풍선껌이 퐁 터져 코에 찰싹 달라붙었다.

"할아버지! 할아버지! 봤나? 봤나?"

터지기 전의 크기를 가늠해 보일 요량으로 풍선껌의 잔해를 코에 붙인 채 담벼락에 앉아 할아버지를 돌아보며 준휘가 소리친다.

"아이고! 깜짝이야. 6.25 전쟁 난 줄 알았다."

얼굴 근육을 녹여 내리듯 짓는 할아버지 웃음에 콧잔등의 안경이 스르르 흘러내린다.

얼마 전 한 비탈 아랫집에서 뒷마당 위로 슬레이트 지붕을 얹었다. 뒷마당에서 키우는 개의 똥 냄새와 낮은 담벼락 아래로 보이는 집 곳곳의 지저분함을 준휘 할머니가 아랫집뿐 아니라 주변 이웃들에게 끈기 있게 설파했기 때문이다.

슬레이트는 준휘 할머니 집 담벼락 아래로 바싹 붙여졌고 그 사이에 난 틈을 시멘트로 메워 버려 개똥 냄새는 더 이상 올라오지 않았지만 뒷마당에 묶여 있는 개는 생을 마감하거나 어딘가로 팔려가기 전까지 하늘을 볼 수 없을 것이다.

지붕이 지어진 과정과 결과를 알 리 없는 준휘는 슬레이트 지붕으로 안전해진 덕에 틈만 나면 낮은 담벼락에 걸터앉아 아랫집 개 대신 실컷 하늘과 구름을 바라보고 노래 부를 수 있어 좋았다.

"힝~. 이번에 엄청 크게 불었는데."

준휘가 껌을 도로 입 속에 넣으며 말한다.

"할아버지 다 봤다. 준휘 얼굴이 안 보이던데?"

"진짜?"

"하모!"

할아버지의 안경이 스르르 또 내려온다.

"준휘야! 은자 단물 다 빨아 먹었으모 이리 도. 할아버지 지붕 고치러 올라갈란다."

"응."

준휘는 폴짝 담벼락을 내려와 벽돌 구멍마다 모아 놓은 씹던 껌들을 손바닥에 수거하고 마지막으로 입에 있는 풍선껌을 몇 번 더 짝짝 질겅이고 뱉는다. 그렇게 모인 껌들은 비가 새는 지붕을 막아 수리하는 데 요긴하게 쓰일 것이다.

"많이 모았제?"

오목하게 옹그린 손바닥 안에 제각각 마지막의 흔적대로 굳어진 껌이 제법 소복이 쌓여 있다.

"이야~! 진짜 많이 모았네!"

할아버지는 준휘의 손에 있는 껌을 하나씩 헤아리며 통에 넣은 뒤 준휘의 머리를 쓰다듬고 다시 안경을 올린다. 사다리와 도구를 챙겨 대문으로 나서는 할아버지 뒤를 준휘가 껌 통을 챙겨 들고 줄

래졸래 따른다.

할아버지는 키가 작은 나무 사다리를 비탈이 져 가장 낮게 앉은 지붕 앞 담벼락에 세웠다. 사다리를 삐걱대며 자리를 단단히 여민 후 한 계단을 딛고 서서 준휘에게 건네받은 껌 통을 먼저 지붕 위에 올려놓고 마저 계단을 오른다. 할아버지가 지붕에 다 오를 때까지 준휘는 조막만 한 손으로 사다리를 단단히 붙잡는다. 할아버지는 준휘를 바라보며 다시 한번 함박웃음을 지어 보이고선 하늘과 지붕이 닿아 마치 구름발 속으로 들어가듯 사라졌다.


"언니야~! 놀자!"

집 안으로 들어와 금붕어 밥을 주는데 밖에서 순지의 목소리가 요란스럽게 쩡쩡 울려 퍼지더니 대문이 쾅 하고 열린다. 아마도 이 동네 사람들은 모두 순지가 놀러 왔다는 사실을 알 것이다.

"무슨 가스나가 저래 우악스럽노? 아요!"

마루에 앉아 돋보기를 끼고 바느질을 하던 할머니가 혀를 끌끌 차며 흘겨본다.

"순지야! 왔나!"

팔맷돌처럼 튀어 들어온 순지 대신 준휘가 계면쩍은 웃음을 짓는다.

"언니야! 뻥튀기 사 먹으러 가자!"

"뻥튀기?"

말이 끝나기 무섭게 준휘 할머니가 뒤에서 되알지게 쏘아붙인다.

57

"점심도 안 묵었는데 안 된다."

"언니 아직 점심 안 먹었나?

"응."

"나도 안 먹었는데."

할끔거리는 할머니의 눈에도 아랑곳 않고 순지가 말한다.

"맞나? 그러면 같이 먹자."

"응. 아~ 배고프다!"

라며 순지는 평상에 발라당 드러눕는다.

할머니는 바느질을 물리며 못마땅한 얼굴을 하고 부엌으로 들어갔다.


"킁킁, 킁킁. 이게 무슨 냄새고?"

퍼지는 멸치 육수 냄새에 순지는 더 이상 벌릴 수 없는 크기만큼 코를 열고 콧구멍으로 숨을 띄엄띄엄 세차게 들이마신다.

"아~. 할머니가 오늘 국수 삶아 준다고 했거든."

"국수? 내 국수 억수로 좋아하는데."

호들갑을 부리며 순지가 마루를 두어 바퀴 구를 때쯤 상이 차려졌다. 쪽파를 총총 썰어 넣은 멸치 육수와, 간장, 참기름, 설탕과 함께 조물조물 비빈 국수를 순지는 세 그릇이나 먹어 치웠다.


터질 것 같은 배를 두들기며 발끝을 바깥쪽으로 벌려 거드름을 피우고 휘적휘적 내리막길을 내려가는 순지를 보니 준휘는 피식 웃음이 흘렀다.

"왜? 언니야!"

"아니, 니 걷는 게 웃겨서. 니 그렇게 배가 부른데 바로 뻥튀기 먹을 수 있나?"

"당연하지. 언니도 내처럼 이렇게 해 봐. 내리막길 갈 때 이렇게 해서 내려가면 편하다."

"은~다."

"해 보라니까!"

순지의 등쌀에 준휘도 순지 모양으로 해뜩 몸을 뒤로 제껴 걸어 본다. 두 아이가 마주 보고 깔깔깔 웃는다.

"순지야!"

"응. 언니야!"

"권우가 안됐다."

걷는 모양은 그대로 한 채 어두워진 얼굴로 준휘가 뜬금없는 말을 한다.

"권우가 왜?"

영문을 모르는 순지도 준휘의 표정을 보고 웃던 표정을 거둔다.

"권우가 많이 아픈가 봐. 오늘 유치원도 못 갔거든. 저번에도 많이 아파서 부산에 큰 병원에 입원하고 검사하고 피도 뽑았다더라. 팔에 온통 멍이었는데."

"피도 뽑았다고?"

순지는 표정을 일그러뜨리며 걸음을 멈춘다.

"응."

가벼운 감기겠지, 애써 위안하던 하루였다. 준휘의 눈에 금세 눈물이 차오른다.

"권우 집에 가 볼래?"

순지가 준휘를 살피며 묻는다.

"아니. 자고 있을지도 모르고. 갔다가 괜히 깨우면 어떡해."

아침에 유치원을 같이 가려고 찾아간 권우 집은 인기척이 없었다. 유치원 선생님으로부터 권우가 아파서 오늘 못 온다는 이야기를 전해 들었는데 또 입원한 건 아닌지 준휘는 덜컥 겁이 났고 다시 찾은 집에 아무도 없으면 정말 울음이 터져 버릴 것만 같았다.

"금방 나을 거다. 너무 걱정하지 마라. 언니야!"

"영애랑 장호 데리고 같이 가자."

"어디? 권우 집에?"

"아니. 뻥튀기 먹으러."

준휘가 고인 눈물을 털어내며 활짝 웃었다. 나쁜 생각을 하면 그 일이 정말 실제로 일어나 버릴까 무서웠다. 내일은 꼭 권우가 유치원에 올 것이다.


도랑가 앞으로 새카만 머리통들이 졸졸이 귀를 막고 옹크려 앉았다. 기계에 쌀을 넣고 이제 막 불을 붙여서 한참을 기다려야 하건만 담이 큰 몇몇을 제외하곤 대다수의 아이들은 불을 붙인 순간부터 멀리 도망가, 멀리라고 해봐야 바로 앞이 도랑이지만, 최대한 땅 끄트머리에 붙어서 바들바들 야단법석이다.

　"또랑가 벙어리 뻥튀기"라고 불리는 이곳은 대부분 아이들로 붐볐는데 또랑가 벙어리 뻥튀기 아저씨의 기계는 작고 압력이 약해 보통 십 분이면 되는 뻥튀기가 그 배로 걸리면서 나오는 양도 시원찮았고, 무엇보다 어른들이 주로 가는 시장 안에는 성능 좋은 시커먼 뻥튀기 기계가 연신 쌀을 삼켜 토해 내고 있었기 때문이다.

　아이들만 붐비는 또랑가 벙어리 뻥튀기 아저씨는 그래서 뻥튀기를 한 소쿠리 50원에 소량 판매하였고 듣는 것과 말하는 것뿐 아니라 셈도 밝지 못하였으므로 아이들은 종종 돈을 소쿠리만큼 치르지 않았다.

　작고 새카만 뻥튀기 기계가 한참을 돈다. 졸졸이 귀를 막고 앉아 있는 아이들은 지치지도 않고 뒤를 힐끗거리며 호들갑을 떤다.

또랑가 벙어리 뻥튀기 아저씨 뒤로는 아저씨의 유일한 가족인 딸아이가 앉아 있었다. 뻥튀기 기계만큼 새카만 준휘 또래의 그 아이는 또랑가 벙어리 뻥튀기 아저씨처럼 말을 못 하는지 알 수 없으나 '뻥' 하고 터지는 소리에도 늘 꿈쩍없는 것으로 미루어 듣지 못하는 것이 확실하다고 아이들은 수군댔고, 아무도 그 아이에게 이름을 묻지 않았지만 그 아이의 이름은 '또랑가 벙어리 뻥튀기 아저씨 딸'이 되었다.

"야앗! 아저씨 호루라기 물었다!"

아이들이 일제히 소리친다. 또랑가 벙어리 뻥튀기 아저씨는 "뻥이요."라는 말을 호루라기로 대신한다. 호루라기를 불기 직전, 눈을 게슴츠레 뜨고 뒤를 바라보는 준휘와 눈이 마주친 또랑가 벙어리 뻥튀기 아저씨가 호루라기를 문 채로 준휘를 향해 웃는데 분명 어디서 본 듯한 낯익은 웃음이다.

호루라기에 바람이 들어가며 '펑' 소리와 함께 연기가 퍼지고 옅어지는 또랑가 벙어리 뻥튀기 아저씨의 모습 위로 준휘 할아버지 얼굴이 피어난다. 안경이 흘러내리도록 준휘를 향해 함박 웃어주는 할아버지의 모습이었다. 그 장면이 묘해 준휘는 두려움도 잊은 채 연기를 뚫고 쌀이 하얗게 튀겨져 하늘을 나는 것을 바라볼 수 있었다.

연기가 사라지기도 전에 일제히 아이들이 달려들어 땅바닥에 떨어진 뻥튀기를 주워 먹는다. 국수를 배 터지도록 먹은 순지도 아이들 틈에서 경쟁하는데 결코 밀리지 않는다.

뻥튀기가 큰 고무 대야에 담겨지고 자연스레 돈이 있는 아이들은

나에 살던 고향은

줄을 서서 뻥튀기를 담아 간다. 또랑가 벙어리 뻥튀기 아저씨는 아이들이 손가락으로 표시하는 숫자만큼 뻥튀기를 소쿠리로 퍼서 봉지에 담아 주었고 아이들은 아저씨 앞에 놓인 깡통에 그만큼의 돈을 셈하여 넣는데 절반이 그 값을 똑바로 치르지 않는다.

"언니야! 내가 사 올게."
걸어오면서 각자의 주머니 사정만큼 돈을 모았었다. 순지 20원, 영애 20원, 장호 10원, 준휘 50원. 준휘는 모여진 10원짜리 다섯 개와 50원짜리 하나를 순지 손에 넘겨주고 옆에서 지켜본다. 영애는 뻥튀기를 주워 먹는 장호를 따라다니느라 정신이 없다.
차례가 되자 순지는 또랑가 벙어리 뻥튀기 아저씨를 향해 손가락 두 개 펴 보인다. 고개를 끄덕인 아저씨는 순지의 봉지에 뻥튀기 두 소쿠리를 퍼 담아 준다. 봉지를 오므려 한 손에 움켜쥔 순지는 다른 손에 쥐고 있던 동전을 깡통 속으로 한꺼번에 떨어뜨리는데 순지 손에서 떨어진 10원짜리 동전이 준휘가 언뜻 보기에 부족하다. 준휘와 눈이 마주친 순지는 준휘 옷자락을 꼬집듯 잡아끌며 재촉한다.
"빨리 가자. 언니야."

계속되는 준휘의 추궁에도 입을 다물고 걸음만 다그치던 순지가 골목을 꺾어 돌자 주변을 살피며 낄낄거린다.
"내 뻥튀기 80원만 냈지롱~!"
하고 호주머니에서 20원을 꺼내 보이며 자랑스럽게 말한다. 손에 움켜쥐고 있다가 엉겁결에 동전을 덜 떨어뜨린 것이 아니라 처음부터 제값을 치르지 않을 요량으로 손에는 80원만 쥐고 있었던 것이다. 그러니까 순지가 애당초 보탠 돈은 20원이니 결국 순지는 뻥튀기를 사 먹자 해 놓고 자기 돈은 하나도 내지 않은 셈이다.

"야! 진짜? 어떻게? 어떡해! 히힛!"

영애가 순지랑 같이 낄낄거린다.

"우리 20원 남은 걸로 카라멜 바꿔 먹자. 두 개 사서 반으로 나누면 넷이 먹을 수 있다!"

"그래! 크크크."

순지가 두 손으로 뻥튀기 봉지를 벌려 얼굴을 쑤셔 넣고 뻥튀기를 크게 한 입 넣는다. 고개를 든 순지의 코와 볼에 뻥튀기가 덕지덕지 붙었다. 그 모습을 보고 장호와 영애가 까르르 웃는다.

"나도 해 본다."

순지가 장호에게 봉지를 벌려 준다. 고개를 든 장호의 코와 볼에도 뻥튀기가 가득 붙었다.

"나도 나도."

이번엔 영애다. 웃고 떠드는 아이들 틈에 준휘는 말이 없다.

"언니야! 언니 니도 해 봐라!"

"…."

"왜? 해 봐 봐! 재밌다."

영애도 함께 재촉한다. 준휘는 께름칙하면서도 자기가 계획한 일도 아니거니와 지금에 와서 무얼 어찌할까 생각하니 낯설고 어려워

나에 살던 고향은

그냥 봉지에 얼굴을 밀어 넣는다.


　포도나무에 매달려 있던 조각달이 어느새 높이 솟아 딸기가 총총 열린 밭에, 사다리와 연장들을 쟁여 놓은 문이 없는 작은 창고에, 밭 아래로 죽 늘어선 지붕들에 부드러운 빛을 드리운다.

　준휘는 할아버지 방의 창이기도 하고 밭으로 가는 입구이기도 한 창틀에 앉아 조각달 뒤에서 졸고 있는 것처럼 간들간들거리는 별을 바라본다. 늦봄의 산에서 풍겨 오는 달짝지근한 풋내가 코끝에 닿는다.

　"휘야! 아가야! 은자 고마 안 내리올래?"

　얼굴을 허물어뜨리며 웃는 할아버지 얼굴에 또랑가 벙어리 뻥튀기 아저씨 얼굴이 떠오른다. 낮의 일은 어스름이 내릴 때부터 온통 준휘의 마음을 괴롭히고 있다. 또랑가 벙어리 뻥튀기 아저씨의 웃는 얼굴, 그리고 그 아저씨 뒤에 앉아 있던 작고 새까만 딸아이가 사라지지 않는다. 아니, 오히려 밤이 내리 앉을수록 더욱 깊어진다.

　"할아버지!"

　준휘가 창틀에서 돌아앉아 이야기한다.

　"우야!"

　"할아버지, 옛날에도 뻥튀기 있었어?"

　"하모! 6.25 전쟁 때 하늘에서,"

　"큭큭! 또 6.25 이야기다!"

　"참내. 들어 봐라."

창틀에 앉은 준휘를 안아 내리고 창문을 닫으면서 할아버지가 이야기를 시작한다. 준휘는 할아버지의 이부자리로 기어가 할아버지 베개를 끌어안고 이야기에 집중한다.

"6.25 전쟁 때 하늘에서 포탄이 떨어져서 사람들이 죽고 다치고 집이 다 뿌사지고 마 난리도 아인 기라. 살림살이도 다 박살이 나서 밥을 해 물라 캐도 냄비가 있어야지. 그런데 가만히 보니까 저짝에 포탄 탄피가 떨어져 있는 기라. 그래가지고 그걸 주워 와가 거기다가 쌀하고 보리하고 곡식을 넣어서 익혀 묵는데 알고 보니까 그기 불발탄 아이긋나."

"불발탄이 뭔데?"

"포탄이 땅에 떨어지면서 터져야 하는데 안 터진 거지."

"고장 나서?"

준휘가 할아버지 무릎을 베고 눕는다. 할아버지는 준휘 머리를 쓰다듬으면서 이야기를 이어 간다.

"하모. 그런데 무지렁이 백성들이 그걸 아나? 모르지. 그래 거기에 곡식을 넣고 불을 붙였응께 우찌 됐긋노? 빵 하고 터지 뿐 기라. 다행으로 폭약이 약해서 사람들이 많이 안 다쳤는데 곡식이 은자 지금 뻥튀기 모양으로 변해 뻔 기지. 근데 그걸 줏어 무 본께 맛이 희한하거든? 그때부터 뻥튀기가 생깄다 아이가!"

"우와~! 진짜? 신기하다."

할아버지가 빙긋이 웃는다. 준휘는 잠시 잊었던 또랑가 벙어리 뻥튀기 아저씨 생각이 불쑥 앞으로 뛰쳐나와 당혹스럽다.

나에 살던 고향은

"할아버지."

"우야."

"할아버지."

준휘가 재차 부른다.

"와? 휘야!"

"있잖아."

"우야. 말해 봐라."

"사실은 아까 낮에…."

머뭇거리던 준휘는 할아버지에게 낮의 일을 소상히 들려준다. 단순히 순지의 짓궂은 장난으로만 여겼던 일들이, 분명 준휘가 가담한 것이 아닌데도 저녁이 되어서 왜 이토록 커다란 괴로움으로 다가오는지에 대해서도.

"양심."

할아버지가 온화하게 웃으며 준휘에게 나직이 말한다. 말의 뜻을 이해하지 못한 준휘는 눈을 둥그렇게 하여 같은 말을 따라 해 본다.

"양심?"

"하! 준휘가 이렇게 저녁에 괴로분 거는 바로 양심 때문인 기라."

"그게 뭐야?"

"사람한테는 세모 모양으로 생긴 양심이라는 기 동그랗게 생긴 양심주머니 안에 들어 있거든. 근데 이기 거짓말을 하거나, 못된 일을 하거나, 아니면 꼭 내가 아니라도 다른 사람이 그런 짓 하는 거를 보고도 못 본 체하거나, 잘못된 걸 잘못됐다 하지 않거나, 그리

할 때마다 그 세모 모양이 조금씩 돌아간단 말이지. 그라믄 우찌 되 긋노?"

"우찌 되는데?"

"동그라미 안에서 세모가 돌아가니까 세모 끝에 쪼삣한 부분이 동그라미를 찌르겠제?"

"응."

"그라니까 가슴이 찔리가 아프고 괴로븐 기라."

"아~! 그라면 내가 괴로운 게 양심 세모가 찔러서 그렇다는 말이제?"

"하모! 그런데 그 세모가 자꾸 돌면 우찌 되긋노?"

"자꾸 아프지!"

"그라고?"

"그라고? 음…. 피가 나겠지?"

할아버지가 빙그레 웃으며 준휘 머리를 쓰다듬는다.

"처음에는 아프고 피가 나겠지. 그런데 동그라미 안에서 세모가 자꾸 돌면 끝이 다 닳아서 나중에는 안 아프게 되는 기라. 그러니까 양심이 닳아 없어져서 아픔을 못 느끼고 나쁜 일을 막 하는 거지. 그렇게 사람이 생기 묵으면 안 되긋제?"

"흑, 할아버지! 내 세모도 오늘 자꾸 움직여서 닳아 버리면 어떡 해!"

준휘가 울상이 되어 말한다.

"음…. 세모가 더 안 움직이게 할아버지가 도와줄까?"

"응!"

"내일 그라모…."

할아버지의 처방으로 준휘는 양심이라는 세모의 움직임을 멈추고 편히 잠들 수 있었다. 다음날 준휘와 할아버지는 또랑가 벙어리 뻥튀기 아저씨를 찾아가 손가락 하나를 펴 보이고 깡통에 학이 그려진 동전을 넣고 돌아왔다. 돌아오는 길에 할아버지가 준휘에게 해 준 이야기는 아주 오래도록 준휘의 마음에 자리한다.

"준휘야! 아가! 잊지 마라. 지혜와 양심은 그 자체만으로도 아름답고 보람된 일이다."

# 5.

## 일찍 자란 아이

삼복 머리의 볕은 날이 더할수록 자글거리고 온갖 나무와 풀들의 자람점들이 분열을 향해 달음박질한다. 울창한 여름 나무들을 점령한 매미 군단은 소낙비울음을 울어 댔고 그 소리는 여름을 사는 일만큼이나 몹시 길고 구터분했다. 오직 나팔꽃과 아이들만이 재글거리는 볕살에도 아랑곳없이 제각각의 꽃을 피우느라 한창이다.

"새마을유치원, 새마을유치원. 착하고 귀여운 아이들의 꽃동산."

노래를 합창하는 것으로 하루 일과를 마친 아이들이 좁은 유치원 문으로 줄지어 나온다. 제아무리 시끄러운 깽깽매미라도 아이들의 재잘거림을 넘을 수 없다. 골목은 온통 아이들의 소리다.

"아이스케키!"

유치원을 마치고 집으로 걸어가는 준휘의 치마를 같은 반 친구가 들추고 도망간다.

"뭐꼬! 저거!"

평소 같으면 걸어오는 장난을 받아 한바탕 뜀박질을 할 테지만 오늘은 딴눈을 주며 새침하게 퉁겨내고 권우와 발을 맞추어 걷는다.

두 달 가까이 감기와 폐렴으로 고생한 권우는 방학이 다 되어서야 겨우 유치원에 다시 올 수 있었고 전보다 야윈 모습은 더 차분해 보였다. 가냘픈 다리로 다박거리는 권우가 안쓰러운 준휘는 달리 도울 방법이 없어 몰려가는 아이들 뒤에서 권우의 보폭을 배려하며 나란히 걷는다.

"덥제?"

준휘가 권우를 살피며 묻는다.

"아니."

매가리 없는 대답이다.

"덥지?"

잠시 동안 넋 없이 걷다 순간적으로 떠오른 듯 권우가 준휘에게 눈길을 돌려 같은 말을 묻는다. 왕왕거리며 떠들던 아이들은 모두 달아나고 골목엔 권우와 준휘만 남았다.

"조금."

"여기로 와!"

담벼락 아래의 그늘을 내주며 권우가 말한다.

"아이다. 괜찮다."

준휘가 손사래를 치며 버틴다.

"나는 더위 잘 못 느껴. 따뜻한 게 좋아."

권우가 준휘를 담벼락으로 붙여 민다.

"맞나?"

"맞다!"

권우가 준휘의 사투리를 흉내 낸다. 아이들은 나란히 까르락 하

71

며 웃었다.


　몸이 좋은 상태를 찾을 때까지 학원을 다니지 않는 권우를 집에 바래다주고 준휘는 피아노 학원에 혼자 와 수업을 받는다. 친구들과 노는 것을 제외하고 준휘가 하루 중 가장 좋아하는 시간인데 오늘은 풀이 꺾여 시무룩하다. 학원을 들어서자 건네받은 회비 봉투 때문인데 가방 앞주머니에 비죽이 꽂혀 있는 봉투에는 몇 달째 납부 도장이 찍혀 있지 않았다.

　"영지야!"

　정수리가 벗겨진 아저씨가 학원 문틈으로 아이의 이름을 불렀다. 국민학교 3학년인 영지는 늦둥이에 외동이라 부모로부터 갖은 정성과 사랑을 받는다. 어깨 크기만 한 네모진 얼굴에 살짝 긁어 놓은 듯한 얄팍한 눈, 끝이 잘린 것처럼 무딘 모양의 뭉툭한 코 위로 새까맣고 커다란 뿔테안경을 걸친 영지는 매일 학원을 오갈 때마다 아빠에게 업혀 다녔다.

　아빠의 일이 구체적으로 무엇인지 모르지만 그 존재는 닿지 않는 것이며, 특히 엄마 앞에서는 입을 다물어야 한다는 것을 알아챈 준휘는 그런 영지가 너무나 부러웠고 예뻐 보였으며 그럴수록 슬퍼졌다. 업혀서 인사하는 영지에게서 시선을 뗀 준휘의 눈에 비죽하게 나와 있는 회비 봉투가 보였다.

　'오늘은 엄마가 있으려나.'

　요즘 엄마의 부재가 잦다. 하루 이틀 집에 머물러 있다가도 며칠

씩 집에 들어오지 않기를 반복했고 피아노 학원 오는 길에 들렀던 엄마 집 문은 오늘도 잠겨 있었다.

벌써 한 시간째 준휘는 굳게 잠긴 엄마 집 문 앞에서 뚜껑 덮인 커다란 고무 물통 위에 턱을 괴고 엄마가 올지도 모른다는 기대감 으로 시장 사거리를 바라보고 있다. 머릿속으로는 시장보다 조금 먼 곳에서 걸어오고 있을 엄마를 그리며,

'이제 50걸음 뒤면 엄마가 보일 거야. 40걸음, 30걸음, 20걸음, 10걸음, 지금!'

보이지 않는 엄마를 다시 어디 즈음으로 보내길 수십 번째다. 다 리도 아프고 슬슬 배도 고파진 준휘는 딱 다섯 번만 더 해 보고 할 머니 집에 가야겠다고 다짐한다. 첫 번째와 두 번째를 연이어 실패 하고 세 번째부터는 준휘가 연결할 수 있는 길의 최대한 먼 곳에 엄 마를 세워 둔다.

'100걸음… 50걸음… 30걸음… 10걸음… 3걸음, 2걸음, 1걸음, 지금!'

그때, 부식 가게 앞에서 엄마의 모습이 보였다.

'엄마다! 엄마! 엄마!!!!!!!!'

속으로 크게 외쳐 부르며 준휘는 부리나케 엄마에게로 달려간다. 거미줄같이 얽힌 사람들 틈바구니에 가려 엄마가 잘 보이지 않는다.

'엄마! 어디 갔다 이제 왔어? 얼마나 보고 싶었는데.'

엄마에게 하고 싶은 말들과 더불어 도근거리는 마음을 붙잡으며 사람들의 견대팔 사이로 엄마를 놓치지 않으려 애쓴다. 준휘는 사

람들과 부딪치지 않게 몸을 요리조리 꺾으며 달리다 휘청걸음을 멈추었다. 주변 사람들의 시선이 일제히 준휘에게로 향한다.

준휘가 바라보는 사람은 잠시 어리둥절해 하다 뭔가 짐작한 듯 친절하게 웃으며 말한다.

"얘, 너! 내가 니 엄만 줄 알았제?"

"네? 네. 아, 아니, 아니에요."

준휘는 획 돌아서 달려간다. 민망함과 속상함에 눈물이 볼을 타고 흐르지만 뒤에서 모두의 눈이 따라오는 것만 같아 닦지 않는다.


토요일, 유치원 오전 수업을 마친 권우와 준휘는 성당으로 갔다. 아타나시오 신부님은 분명 준휘의 할아버지보다 나이가 적다고 했는데 준휘가 보기에 염색을 하지 않은 신부님은 준휘 할아버지보다 더 할아버지 같아 보였다.

가난한 성당과 오랫동안 함께 지내 오신 아타나시오 신부님은 그만큼의 세월로 닦여진 반질반질한 나무 벤치에 앉아 주일 학교에 오는 모든 아이들의 고민이나 비밀을 하나씩 들어주었는데 해답 대신 늘 전폭적인 공감을 건넸다.

멀찍이서 바라보는 준휘에게 신부님이 손짓을 한다. 준휘는 쭈뼛거리며 다가가 신부님이 손바닥으로 짚어 주는 나무의자에 앉았다. 성당 유리창에서 퉁겨진 빛은 무지개를 만들며 성모 마리아상을 가로지른다. 햇볕은 나무 그늘 아래 앉은 준휘의 조그맣고 노란 신발에 닿을 듯 어른거린다.

나에 살던 고향은

"우리 준휘, 유치원 잘 다니니?"

"네."

"일주일 동안 제일 기뻤던 일 하나 이야기해 볼까?"

"권우가 다시 유치원에 온 거요."

"그래, 권우가 이번에 많이 아파서 준휘가 걱정이 많았지? 권우가 많이 크려고 아팠나 보다. 사람은 자라려면 아프거든."

"자라려면 아파요?"

"그럼! 몸이 크려면 몸이 아프고 마음이 크려면 마음이 아프지. 천천히 자랄 땐 잘 못 느끼다가 성큼 자랄 때가 되면 그만큼 아픈 것을 느끼지."

"그럼 권우도 몸이 많이 크려고 아팠던 거예요?"

"그렇지. 지켜봐라. 이번 여름이 지나면 권우가 쑥 자라 있을 거다. 준휘도 이다음에 몸이 아프거나 마음이 아프면 속상해하기보단 '아! 내가 자라고 있구나!'라고 생각하렴."

"네."

"그럼, 이번 주에 가장 속상했던 일은 뭔지 신부님한테 이야기해 줄래?"

"엄마가 보고 싶어요."

준휘는 몹시 어려운 얘기를 꺼내듯 머뭇거리며 말한다.

"엄마가 어디 가셨니?"

"모르겠어요. 엄마 집에 문이 계속 잠겨 있어요."

"할머니는 뭐라고 하셔?"

"일하러 갔대요."

"그렇구나. 할머니하고 할아버지가 준휘를 무척 사랑하고 또 잘 챙겨 주시지만 엄마 사랑은 또 다른 거니까. 엄마가 보고 싶은 마음은 당연하지. 신부님도 엄마가 한 번씩 보고 싶어."

"신부님 엄마도 어디 갔어요?"

"신부님 엄마는 하늘나라에서 행복하게 잘 계시지."

"아기 예수님이랑요?"

"그럼! 신부님이 아주 어릴 때 신부님 엄마는 하늘나라에 가셨단다."

"엄마가 보고 싶어서 안 울었어요?"

"많이 울었지. 그래도 신부님 엄마는 거기서 행복할 테니까 괜찮아. 준휘 엄마도 준휘가 보고 싶지만 꼭 참고 준휘를 위해서 열심히 일하고 계실 거야. 그러니까 엄마랑 준휘는 행복한 거지. 누구를 생각하며 열심히 산다는 건 행복한 거란다. 엄마와 계속 행복하게 지내길 신부님하고 기도하자."

신부님은 준휘의 머리에 성호를 그어 주시고 준휘는 마음속으로 엄마가 빨리 일이 끝나고 돌아오기를 기도했다.

준휘의 기도가 성령의 힘을 받았는지 성당을 다녀와 보니 정말로 엄마가 돌아와 있었다. 하지만 기도가 잘못 전송되었던가. 엄마 집에는 엄마 말고도 많은 사람들이 모여 노름판을 욱여싸고 있었다. 몇몇은 준휘에게도 낯익은 사람들이었고 몇몇은 새로운 얼굴들이었지만 어차피 남편, 부모, 형제자매, 드물게는 본인의 수고로 모은 돈을 곱다시 날려 버릴 것에서는 차이가 없었다. 아이를 들쳐 업고 앉은 이, 묶어 놓고 앉은 이, 팽개쳐 놓고 앉은 이들의 손가락 마디로 피어나는 담배 연기는 후텁지근한 방을 가득 메웠고 선풍기가 회전할 때마다 뜨거운 태양볕을 따라 바깥으로 밀려 나왔다.

"엄마! 언제 끝나는데?"

준휘는 메케한 연기가 자욱한, 발 디딜 틈 없는 방으로 들어가지 못하고 입구에 놓인 작은 신돌에 앉아 엄마를 채근한다. 오랜만에 만난 엄마에게 할 이야기도 들을 이야기도 가득한데 엄마는 땀에 젖은 윗도리를 가슴까지 올리고 배를 드러낸 채 화투를 두드리느라 돌린 등을 내어 주지 않는다.

"3, 4, 5, 8, 9, 10, 11점!"

돈이 오가고 화투가 섞이는 동안, 집에 네 살 아이를 묶어 놓고 여섯 살이 된 그의 오빠에게 보살핌을 전적으로 내맡기고 온 성환이 엄마가 모퉁이에 놓인 쓰레기통에 앉아 오줌을 싼다.

"엄마~아~~! 어? 내 얘기 좀 들어줘!"

"가스나가 와 이라노! 할머니 집에 가라! 빨리!"

평소답지 않게 채근해 대는 준휘에게 짜증이 오른다. 준휘는 바람 한 점 지나지 않는 작은 부엌에 놓인 신돌에 앉아 땀을 뻘뻘 흘리면서도 꼼짝을 않고 버틴다.

패가 섞이고 돌기를 몇 번째. 며칠째 돈을 날리기만 한 안순은 피로와 신경증이 밀려왔다. 어젯밤 늦게는 좀 따나 싶었는데 화투판이 벌어진 박 선생네 집주인이 신고한다고 길길이 날뛰는 바람에 판이 엎어졌다. 흩어지는 사람들을 달래 모아 자신의 집으로 끌어들인 안순은 그러나 좀처럼 어제의 운빨이 되살아나지 않았다.

"엄마~아~~! 이제 그만 좀 해. 내 할 이야기 있단 말이야. 응? 엄마~아~~! 피아노 학원비 밀렸다고 선생님이 봉투 주셨고. 엄마~아~~!"

직전의 판에서도 돈을 잃은 안순은 핏줄이 불거져 벌게진 얼굴로 준휘의 머리를 사정없이 내리치며 고함친다.

"야! 이 가스나야!"

놀란 준휘는 신돌 아래로 나자빠져 주춤한다. 제 분에 흥분이 곱절로 치달은 안순은 준휘의 옷을 모두 벗기고 수도꼭지에 달린 고무호스를 뽑아 길거리로 끌고 나온다.

"와 할머니 집에 가라 해도 안 가고 애를 믹이노? 어?"

안순은 고무호스로 준휘의 맨살을 마구 후려친다.

"'잘못했습니다.' 하고 빌어라!"

준휘는 온몸을 푸들푸들 떨기만 할 뿐 어떤 대꾸도 없다. 고무호스가 다시 바람을 가르는 소리를 내며 날아온다.

"무시 이런 기 다 있노? 안 비나? 빌어라! 어서! 빌어라!"

눈심지에 핏발을 세우고 고함친다. 목구멍에서 울음도 올라오지 않을 만큼 놀란 준휘는 손을 모아 비비기만 할 뿐이다.

"'잘못했습니다.' 해라! 빨리!"

고무호스를 준휘 얼굴에 들이대며 말한다.

"자… 자… 자… 껵 껵."

"빨리 말 안 하나?"

고무호스가 벌게진 준휘의 허벅지 위로 또다시 날아온다.

"고마하소!"

산호슈퍼 주인아저씨가 나와 소리친다.

"그 착한 아한테 와 그라능교?"

"내가 내 아를 때리든 말든 무슨 상관이고!"

안순이 꽉 잡은 준휘 팔을 놓지 않은 채 맞받았다.

"이 대낮에 모이가 부끄럽도 안 하능교!"

안순이 움찔한다. 자칫 신고를 해서 화투판이 깨지면 안 될 일이다.

"옷 쭈 입고 할머니 집에 가라!"

안순은 분이 삭지 않아 준휘 팔목을 끌어 밀치며 말한다. 안에서는 바깥의 일과 무관하게 화투패가 돈다.


자욱한 밤 구름 뒤로 달은 숨어 버리고 별들만 드문드문 빛을 잃고 껌뻑인다. 수풀의 벌레도 모두 잠들었는지 이따금 개 짖는 소리만 아슴푸레 들려오더니 빗방울이 후두두 떨어지기 시작한다.

"준휘야! 숭늉 좀 더 마시라!"

할머니가 숭늉 그릇을 준휘의 입에 대어 준다. 준휘의 숨결은 들쑥날쑥 아직도 고르지 못하다.

슈퍼 아줌마에게 전갈을 받고 달려 나온 할머니를 길 어디에서 만난 준휘는 그제서야 울음을 터트렸고 서러운 울음은 기운이 다 빠진 직전까지 계속되다 소리를 잃고 눈물만 여러 갈래 줄기 지어 흐른다.

　아무도 수저를 제대로 들지 못한 저녁 밥상을 치우고 들어온 할아버지가 미지근한 수건으로 준휘의 얼굴과 손을 닦이고 할머니는 연신 준휘를 주무른다.

　"미칬다. 미칬어. 아를 때리도 아요! 우째 이러코롬! 참말로 미칬다."

　할머니가 준휘의 허벅다리에 바세린을 바르며 말한다.

　준휘의 울음이 소리를 잃고 나서 할아버지는 안순에게 전화를 걸어 야단했다. 건성으로 대답하는 안순의 전화 너머로 화투 소리가 들렸다.

　"찾아가서 화투판을 다 엎어 부리야지!"

　할아버지가 분을 내며 말한다.

　"그라모 뭐 하요! 딴 데로 다 기가서 또 할 낀데!"


　비상용으로 가지고 있는 할머니의 청심환을 조금 먹였더니 준휘의 눈이 스르르 조금씩 미끄러져 내린다. 눈물에 흐려 할아버지의

나에 살던 고향은

모습이 퍼져 난다. 아득해지는 의식 속으로 아타나시오 신부님이 떠올랐다.

'괜찮아, 엄마가 화투 칠 때는 얌전히 있으면 돼. 괜찮아.'

'괜찮아, 아빠의 일을 말하지 않으면 아무 일도 생기지 않는 것처럼 이것도 같은 거야. 괜찮아.'

'괜찮아, 아빠가 미국에 있는 게 아니라도 순지 아빠처럼 맨날 술 먹고 부수지 않으니까. 괜찮아.'

'괜찮아, 가슴이 꾹꾹 아픈 거는 마음이 자라는 중이라서 그래. 괜찮아.'

'괜찮아, 나는 괜찮아.'

'괜찮아, 마음이 자라는 중이야. 괜찮아.'


누구도 가르쳐 주지 않았지만 준휘는 알아갔다. 미국에 일하러 갔다던 아빠는 사실 엄마와 사이가 좋지 않아 같이 살지 않는 것이고, 엄마가 저녁에 일하러 가는 곳은 영애의 엄마가 다니는 그런 회사 같은 데가 아니며, 일을 하기 위해 준휘를 할머니에게 맡겼지만 일하는 시간보다 화투를 치는 시간이 훨씬 많다는 것을.

준휘는 이치나 상황을 스스로 깨치고 그것에 대처할 방도 역시 스스로 마련해 갔다.

시련은 아이를 일찍 자라게 했다.

# 6.

## 통장 선거와 흰나비

"할아버지! 진짜 만져만 보는 거제? 진짜제?"

"참 내! 할아버지가 언제 거짓말하는 거 봤나? 진짜 만지만 볼게!"

"진짜제? 진짜 진짜 만져만 봐야 된다! 응? 응?"

"알았다! 진짜로 얼마나 흔들리는지 만지만 볼게!"

"진짜제? 약속! 약속!"

이갈이 때가 되어 건들거리는 준휘의 앞니로 집 안이 법석하다. 한바탕 실랑이 끝에 머리를 뒤로 빳빳이 뺀 준휘가 겨우 입을 벌린다. 할아버지는 약속대로 준휘의 위쪽 앞니를 앞뒤로 몇 번 건드려 보고 손을 뗀다.

"할아버지 말이 맞제? 건드리만 본다니까."

"많이 흔들리나?"

"오데! 좀 더 있어야긋다."

할아버지가 준휘의 머리를 쓰다듬으며 말한다.

"자다가 이빨이 빠져서 목구멍으로 넘어오면 어떡해!"

"할아버지가 퍼뜩 잡아 주지!"

"할아버지는 저 방에서 자는데 어떻게 잡아 주노!"

"준휘 이빨이 빠질 때가 되면 할아버지한테 흔들리는 소리가 들려서 알지."

"이빨 빠지는 소리가 들린다고?"

"하모!"

"에이! 거짓말!"

"참말이다. 안 그러면 할아버지가 저번에 우찌 알고 하나도 안 아프게 쏙 뽑았겠노!"

지난번 흔들리는 아랫니를 정말 하나도 아프지 않게 할아버지가 뽑았었다.

"그때도 할아버지가 흔들어만 본다 하고 뽑았잖아!"

"에헤! 그때 할아버지가 흔들어 보는데 이가 뽑아 달라고 소리를 하드라니깐. 그래가 니한테 막 말할라는데 이가 따라 올라온다 아이가!"

"진짜?"

"하모! 그러니까 아무 걱정하지 마라."

"그러면 이번에는 꼭 내한테 미리 말해 줘야 한다! 소리 들리면 바로! 자꾸 흔들지 말고! 꼬옥!"

"우야, 알았다."

"준휘야! 고양이 밥 먹었는지 봐라!"

쌀을 씻는 할머니가 물줄기를 약하게 하려고 수도꼭지를 비틀며 말한다. 준휘가 냉큼 마루에서 내려와 신돌 위에 손을 짚고 마루 아래에 있는 창고를 들여다본다.

얼마 전 도둑고양이가 마루 밑창으로 들어와 자리를 잡고 색과 무늬가 제각각인 다섯 마리의 새끼를 낳았는데 그날부터 어미 고양이의 밥을 챙겨 주느라 온 식구가 미역국을 편식하고 있는 중이었다. 오늘 아침에도 미역국과 남은 생선을 섞어 밥을 말아 마루 밑창에 넣어 주었는데 준휘가 살피니 밥그릇이 깨끗하게 비워져 있다.

"할머니! 고양이 밥 싹 다 먹었다. 물그릇도 많이 비었다."

준휘가 퍼뜩 물그릇을 가져다 물을 받아 넣어 준다.

"할머니! 저기 털이 좀 하얀 새끼 고양이가 아직 눈도 못 뜨고 너무 약해 보인다."

어제까지 네 마리의 새끼 고양이들이 모두 눈을 떴는데 유독 밝은 색깔의 덩치 작은 새끼 한 마리가 아직 눈을 뜨지 못했다.

준휘의 목소리에 어미 고양이가 잔뜩 경계하며 털을 치세운다. 할머니도 씻은 쌀을 부뚜막에 얹어 놓고 준휘 옆으로 쭈그려 앉는다.

"맞네! 쯧쯧. 심도 없고 부실해가 못 살아나긋다."

"힝~!"

준휘가 울상을 짓는다.

"내가 흰나비라고 이름 지어 줄래."

"와 흰나비고?"

할아버지가 묻는다.

"새봄에 흰나비를 먼저 보면 좋은 일이 생긴다잖아. 저 새끼 고양이도 좋은 일이 생기라고."

"아이고! 우리 준휘 기특하네! 흰나비 이름 참말로 좋다."

**나에 살던 고향은**

아이의 슬기와 고움에 할머니는 흐뭇한 웃음이 돈다.

흰나비는 어미가 자리를 옮겨도 다른 형제들처럼 울거나 어미를 찾으려 움직이지 못하고 굼지럭거리기만 했다. 어미 고양이가 흰나비를 물어와 다른 형제들과 함께 품 안으로 덮어 준다. 준휘는 흰나비가 꼭 눈을 뜨고 건강하게 자라길 기도한다.


"허리는 좀 우뚱교?"

"맹 똑같아요."

앞니로 무를 뱅뱅 돌려 껍질을 깎아 밭아 내며 작은할아버지가 대답한다. 준휘는 무가 서걱서걱 소리를 낼 때마다 자기의 앞니가 무에 박힐 듯한 기분이 들어 흔들리는 앞니를 혀끝으로 지그시 눌러 본다. 무엇을 베어 물 때마다 근드렁거리는 앞니가 종일 신경 쓰인다.

"큰 병원에 가가 물어보든가 해야지 이래가 될 일이 아이요."

걱정 띤 얼굴로 준휘 할머니가 나무라듯 말했다.

"내 허리가 시방 문젠교! 자슥놈이 빙신이 돼가 저래 있는데."

준휘 할아버지보다 열세 살 아래인, 그러니까 올해로 쉰아홉 살이 된 주갑은 아들만 줄줄이 넷을 낳았다. 평생을 이슬아침부터 선창가에 나가 뼈가 흐물거리도록 하역일을 하며, 선창 옆 흔한 객주에 발 한번 디디지 않고 살아왔지만 자식들에게 상속할 것은 가난밖에 없었다. 자식들을 기르고 분가시키기까지 언제나 걱정의 연속이었고 주갑의 흐려진 얼굴은 화석처럼 굳어 그의 나이를 가늠키 어렵게 했다. 분가한 자식들의 접촉은 급전이 필요하거나 아쉬

운 소리를 할 때뿐이었고 물건이라도 훔쳐가듯 떠난 자식들은 뺑소
니 교통사고로 한쪽 다리를 잃은 막내의 사고 이후로 완전히 발길
을 끊었다.

"부모한테 자식은 언제나 걱정가마리라예. 가산을 퍼가기는 해도
누구 하나 살피보는 놈도 읎꼬."

주갑과 함께 평생을 선창에서 진일 마른일 가리지 않고 일한 주
갑의 처가 물기가 다 빠져 가죽만 남은 손으로 머리를 대충 정리하
고 앉으며 말한다.

개중에 부모에게 살갑고 성실하던 막내가 저리되고 주갑마저 허
리를 움직이지 못하게 되자 주갑의 처는 관절염으로 쉽게 펴지지
않는 손가락으로 선창에 나가 개발 따위를 까는 일을 하며 남은 세
식구의 치료비와 살림을 도맡아 한다.

"할머니, 잠 와."

전기가 약해 그물그물한 전등불로 눈이 침침해진 준휘가 할머니
의 무릎을 베고 눕는다. 집 안 곳곳에 베인 묵은 것과 갓 들어온 찝
찌름한 비린내가 엉켜 물큰하게 코끝을 스몄다.

예전 같으면 스킨 냄새가 나는 아재 방에 건너가 실컷 놀 텐데 다
리를 다친 이후로 아재는 방문을 걸어 잠그고 나오는 일이 없었으
며 밖에서 불러도 반응하지 않았다. 준휘는 다정한 아재의 음성이
무척 그리웠다. 고양이 이야기도 건들거리는 앞니 이야기도 아재가
들어줬으면 했다.

"참, 성님. 모레 저녁이지예?"

"하! 저녁 일곱 시 반에. 시간 되긋나?"

통장 선거에 입후보한 준휘 할아버지 일로 발걸음을 했지만 찾아온 용건을 내놓지 못하고 맴돌고만 있던 준휘 할머니가 밭은기침을 하며 답한다.

"하마 모레가?"

주갑이 달력을 보기 위해 몸을 돌린다. 달력에 빨간 색연필로 표시해 놓은 날짜가 선명하다.

"이번에도 무난하게 안 되겠소?"

주갑이 허리를 벽에 붙이고 황새처럼 빈약한 다리를 뻗으며 말한다. 순환이 잘되지 않는 그의 발등이 소복하게 부어 있다.

"그래도 이번에 같이 나온 사람이 핵교 선생 하던 사람이라 카던데."

"핵교 선생 했으모 뭐 하노? 기실 아랫동네 사람이지 뭐. 그 안 된다."

처의 말에 주갑이 언성을 높여 가며 말한다.

"성님, 모레 돼지 할매 집에서 모이지예?"

"하. 올 수 있긋나?"

"아이고 가야지예. 가야지예."

"형수요! 걱정하지 마소! 마 잘될 끼라."

사람 좋은 웃음으로 두 내외가 말한다.


오늘은 산 아래 제일 꼭대기에 있는 자야 할머니 집이다. 자야 할머니는 준휘 할머니와 하루에도 두세 번씩 오가며 지낼 정도로 가까운 사이지만 얼마 전 집 나간 며느리와, 집 나간 며느리를 찾아오 겠다며 백일이 갓 지난 아기를 맡겨 놓고 집을 나간 아들 때문에 갓 난아기를 홀로 돌보느라 동네일에 신경 쓸 짬이 없었다. 자야 할머 니가 참석한다면야 당연히 준휘 할아버지를 밀어줄 테지만 통장 선 거일이 오늘인지도 모르고 있을 터였다.

"자야! 뭐 하노?"

"안녕하세요."

준휘 할머니와 준휘가 대문을 들어서며 잇달아 말한다.

"성님! 왔능교? 준휘야! 어서 온나! 입맛이 하도 없어가 열무김치 쪼매 담가 볼라꼬."

소금물에 절여진 열무를 소쿠리에 꺼내 옮기며 자야 할머니가 앞 니 빠진 잇몸을 드러내고 웃었다. 등에 업힌 아기가 자지러지게 울 고 있는데도 예사로 여기고 소금기가 배어 들어간 무를 툭 잘라 남 은 이들로 아삭아삭 맛나게도 씹는다.

갑자기 준휘의 신경줄이 째릿거린다. 준휘는 잠시 잊고 있던 건 들리는 앞니를 입술로 오므려 감싼다.

"얼라 이리 도라!"

준휘 할머니가 아기의 겨드랑이에 손을 넣으며 말한다. 자야 할 머니는 거절 없이 포대기를 푼다.

"솔아! 우야! 우야!! 세상에! 아를 재워 놓고 하든가 안 하고! 은 자 고개도 지우 가누는 아를 갖다가!"

준휘 할머니가 아기를 고쳐 안아 내복 안에 손을 넣어 땀에 젖은 아기 등을 쓸어 주고 방으로 들어가 기저귀를 갈아 준다.

"아 배고픈 모양이다. 아요?"

준휘 할머니가 아기를 다시 안고 일어나 달래 보지만 아기는 설피 우는 울음을 멈추지 않는다.

"아까 믹이 본께 안 묵드라고."

자야 할머니가 아기 분유를 급히 타오는데 너무 뜨겁다. 젖병을 연신 돌려 비비는 사이 아기는 이제 숨이 넘어가도록 운다.

"젖병을 찬물에 담가서 식혀 봐라. 어여."

겨우 온도가 맞아진 분유를 아기가 숨도 쉬지 않고 빨딱대며 먹는다. 맺혀 있던 굵은 눈물이 쪼르륵 흘러내린다. 어찌나 세게 빨아대는지 젖꼭지가 오그라져 붙고 그럴 때마다 아기는 가쁜 숨을 몰아쉬었다. 그 사이 공기방울이 또르르 올라가며 젖꼭지에 우유가 다시 내려와 고였다.

"할머니, 아기한테서 고소한 빵 냄새가 난다."

부스대기를 치고 낑낑거리며 젖병을 빼는 아기에게 준휘가 바싹 얼굴을 붙이고 말한다.

"할머니, 근데 아기 우유 내가 먹는 우유랑 비슷한 거가?"

"아기는 준휘가 먹는 거랑 좀 다른데 한번 먹어 볼래?"

자야 할머니가 분유를 한술 떠 준휘 입에 넣어 준다. 침에 녹아 얼멍얼멍해진 분유 맛은 정말 기가 막혔다.

"참, 성님! 오늘이지예?"

"하! 아 델꼬 올 수 있긋나?"

"들쳐 업고 가면 되지예. 일곱 시라 캤습니꺼?"

"일곱 시 반꺼정 오면 된다."

"야. 알긋소. 저녁 묵고 내리가모 되긋네."

"그나저나 아 아배는 소식 음꼬?"

"문디 자슥! 지 새끼 내팽개치나 놓고 죽었는가, 살았는가."

"안 들어오긋나. 모진 사램들이 아이라서."

우유를 다 먹은 아기를 안아 트림을 시키고 다시 포대기 위에 내려놓으며 준휘 할머니가 말한다. 포대기를 깔고 누워 빵싯빵싯 웃던 아기가 이내 손가락을 빨며 색색 잠이 들었다.

준휘는 아기도 저처럼 아빠 없이 자란다 생각하니 가여웠고 아빠 생각이 나서 슬퍼졌다. 목구멍에서 설핏 올라온 울음 맛이 입 안을 맴돌고 건들리는 앞니가 다시 떠올라 괴로웠다.


"할아버지! 고양이도 원래 아빠가 없어? 미국 같은 데 간 거야?"

할아버지는 준휘의 말에 흠칫거리며 무척 놀라는 듯했으나 이내 평정을 찾고 준휘를 잠시 바라본 다음 말을 꺼냈다.

"준휘야! 아빠 없는 생명은 음따. 다만 다들 똑같이 사는 게 아니니까. 따로 살아도 아빠가 없어지는 것은 아니지."

"그래도 흰나비가 저렇게 아픈데 아빠는 아무것도 모르고 있을 거잖아. 흰나비 엄마만 맨날 저렇게 걱정하고. 흰나비 불쌍해."

"대신에 흰나비한테는 준휘가 있잖아. 흰나비가 아픈 것도 보지만 나중에 다 나아서 팔랑거리고 다닐 때 그 예쁜 모습을 준휘가 다

봐 줄 테니까, 못 보는 아빠가 더 불쌍치."

"할아버지, 할머니가 내 자라는 거 다 보는 것처럼?"

할아버지가 아무 말도 않고 조용히 준휘의 머리를 쓰다듬는다.

"할아버지! 흰나비가 꼭 건강해지면 좋겠다."


무성한 나무와 풀 사이로 찌르륵찌르륵 풀벌레가 울고 반딧불이 반득반득 밤하늘에 별처럼 날아다니는 시원한 여름밤이다. 호도독호 도독 피어오르는 모깃불이 온 마당을 자오록하게 채우고 바람에 올 라 산 아래로 흘러 온 동네로 퍼져 나갔다. 돼지 할매가 말씬말씬하 게 쪄낸 굵은 감자와, 옥수수, 고구마를 아낙들이 소쿠리 몇 개에 가 득 나눠 담아 나왔다. 사람들은 바람에 선들대는 늙은 모과나무 아래 로 펼쳐진 평상과 마당에 펴 놓은 멍석자리로 자리를 잡고 앉았다.

"요 열무김치 척척 걸치가 함 잡사 보이소!"

준휘 할머니가 집에서 챙겨 온 열무김치와 물김치를 소쿠리가 있는 자리들마다 내려놓는다. 준휘는 옴폭한 쇠그릇을 들고 할머니 뒤를 따라다닌다. 준휘의 걸음에 맞춰 나이든 쇠그릇들이 타드랑거린다.

"인자 저녁으로 성그리하다."

"내사 마 여름은 징그럽소! 어지간히 더버야 어째 보지!"

"그래도 여는 좀 낫다. 대구는 30도, 31도까지 올라가는데 사램이 우찌 사노?"

"하모요! 아래 와 28도까지 올라만 가도 몬 살곳드라 아요?"

"그래싸도 모기 주디 꺾어질 날이 얼마 안 남았다."

주거니 받거니 하는 소리로 마당이 떠들썩하다. 동네 사람들은 중요하거나 그렇지 않은 일들을 이야기할 때면 늘 이 늙은 모과나무 아래 평상으로 모였다. 인심 좋은 돼지 할매는 사람들이 모일 때마다 오늘같이 주전부리를 내왔고 동네 사람들은 음식이나 식료들을 오며 가며 돼지 할매 툇마루에 가져다 놓았다.

준휘 할아버지가 종을 뗑그렁뗑그렁하여 회의 시작을 알렸다. 그소리에 멍석 옆으로 기웃거리던 강아지가 목을 움츠리며 뒷걸음을 치다 금세 다시 꼬리를 홀랑거리며 멍석 위에 놓인 소쿠리를 호시탐탐한다.

"자! 금일에 있는 통장 선거를 위해 이렇게 모여 주신 동네 주민 여러분께 감사드리며."

"통장님요! 회의 시작하기 전에 우리 준휘 노래 한 곡 들어 보입시더!"

전파상을 하는 성팔의 건의에 마을 사람들 모두가 준휘를 찾는다. 텃밭머리에서 동네 아이들과 모여 앉아 옥수수를 손가락으로 돌려 뽑아 먹고 있던 준휘가 모깃불 연기를 뚫고 앞으로 나와 자야 할머니가 건네주는 물김치로 목을 축이고 노래를 시작한다.


"비가 오나. 눈이 오나. 바람이 부나.

그리웠던 30년 세월

의지할 곳 없는 이 몸

서러워하며 그 얼마나 울었던가요.

우리 형제 이제라도 다시 만나서
못다 한 정 나누는데
어머님, 아버님, 그 어디에 계십니까.
목메이게 불러 봅니다."

　맑고 구슬픈 목소리가 사람들의 머리 위로 굴러 마음을 흔들었다. 바람의 향기에 섞여 오는 애조가 담긴 노랫소리에 각자의 사연을 눈앞에 그윽이 그려 본다. 산마루에 걸린 푸른 은하수 속에서 별똥 하나가 빗겨 흘렀다.

"내일일까, 모레일까, 기다린 것이
눈물 맺힌 30년 세월
고향 잃은 이 신세를
서러워하며 그 얼마나 울었던가요.
우리 남매 이제라도 다시 만나서
못다 한 정 나누는데
어머님, 아버님, 그 어디에 계십니까.
목메이게 불러 봅니다."

　노랫소리가 멎자 산비탈 넓은 마당에 일순 정적이 감돌고 이내 박수와 찬사가 쏟아졌다.
　"우째 저리 애절하게 고개까지 잘래잘래해 감시롱 부를꼬!"

동네에서 가장 연로한 앵이 할매가 이가 남지 않은 잇몸으로 감자를 합죽합죽 오물거리다 몸뻬 바지에 손을 넣어 속주머니에서 꼬깃꼬깃한 천 원짜리 지폐 한 장을 빼 준다. 앵이 할매 뒤를 이어 동네 사람들이 여기저기서 돈을 꺼내고 준휘는 익숙한 동작으로 인사하며 건네받은 돈을 할머니에게 맡기고 아이들 무리로 돌아간다.

"준휘야, 인경이 언니가 라면 가져왔단다. 라면 먹으러 가자."

아버지가 작은 고물상을 하는 인경은 올해 열다섯 살이지만 호적이 잘못되어 늦게 취학하는 바람에 국민학교 6학년에 다니고 있다.

준휘 엄마와 함께 노름판을 전전하는 인경 엄마를 대신해 지극정성으로 인경과 인경의 여동생을 키운 인경 아빠는 얼마 전 발등에 떨어진 고철에 골절이 생겨 한동안 일을 할 수 없게 되었다.

그러나 준휘 엄마보다 중독의 정도가 더 깊은 인경 엄마는 판돈이 떨어질 때만 집에 잠시 머물렀고, 돈이 모이기를 기다렸다 집 안에 돈이 될 만한 물건과 함께 챙겨 다시 노름판으로 향했다.

하지만 본래 타고난 성격이 활발하기도 하고 아빠로부터 받는 정서가 단단한 인경은 엄마의 비행과 고된 고물상 일에도 불구하고 항상 밝은 모습이었다.

인경을 둘러싸고 아이들이 옹기종기 모여 앉았다. 익숙하게 곤로에 불을 붙인 인경이 화력을 조절했다. 능숙한 모습에 감탄하는 아이들로 으쓱해진 인경은 라면 네 개를 부셔서 스프를 뜯어 한데 모아 두었다.

나에 살던 고향은

들썩이는 냄비 뚜껑을 열자 새카맣게 그을음이 묻은 천장으로 김이 퍼졌다. 라면을 넣고 한창 부글거리는 냄비를 저어 가며 인경은 올망졸망한 아이들에게 웃어 보인다. 젓가락을 하나씩 잡은 아이들은 꽃무늬가 그려진 양은 밥상을 펴 놓고 앞뒤로 둘러앉아 라면이 퍼지길 기다린다.

인경이 곤로를 끄고 라면 냄비를 양은 밥상 위에 얹었다. 아이들이 일제히 젓가락을 들고 달려들다 여기저기서 머리를 부딪치고 투닥거린다. 인경이 정리에 나서 골고루 먹을 수 있게 순서를 정해 준다.

"언니야! 네 봉지가 와 이리 작노!"

감자와 고구마를 이미 배가 터지도록 먹은 순지가 라면을 젓가락 끝까지 걸어 올리며 말한다.

"야! 순지 니 혼자 다 먹겠다."

아이들이 나무랐지만 들은 체 만 체다.

"준휘야? 니는 안 먹나?"

인경이 묻는다. 준휘는 부뚜막에 앉아 앞니로 과자를 갉작갉작대는 쌀집 아들 경일이 여간 거슬리지 않는다.

"나는 아까 고구마랑 옥수수 많이 먹어서 배 안 고프다. 언니야."

말을 하고선 입술을 옹그려 건들리는 앞니를 감싼다.

"근데, 준휘야! 너거 할아버지 이름이 뭔데?"

영애가 냄비 뚜껑에 라면을 담아 장호를 챙기며 말한다.

"이 성 자 갑 자. 이성갑. 왜?"

"아니, 아까 통장 후보 이름 칠판에 쓰져 있는 거 보고 이상해서."

"뭐가?"

"니가 김 씬데 칠판에 김 씨가 없어서. 니 친할아버지 아니가?"

"응? 할머니가 내하고 성이 똑같다. 김 말 자 연 자."

"…."

"친할아버지 말고 외할아버지거나 그렇겠지. 라면 다 먹고 언니가 귀신 이야기해 줄까?"

잠시 멀뚱멀뚱하던 아이들이 인경의 말에 일제히 관심이 옮겨 갔다.


용마산을 바로 마주하는 뒷마당 평상 위로 부른 배를 하고 드러누운 아이들은 인경이가 들려준 귀신 이야기를 되씹으며 벌벌대고 있다.

"내 다리 내놔! 내 다리 내놔!"

경일이 깨금발로 평상을 빙빙 돈다. 아이들은 비명을 지르며 까르르거린다. 여름밤의 귀신 이야기와 산꼭대기부터 내리 부는 바람은 오삭오삭 낮의 열기를 식히기에 충분했다. 빽빽하게 우거진 나무와 창울한 풀 사이로 귀신 소리가 추추히 울리는 것 같았다.

한참을 장난하던 아이들이 모두 하늘을 이불 하고 땅을 베개 하여 누워 반짝이는 별들을 바라본다. 아이들마다의 사연처럼 무리지은 별들도 서로의 이야기를 속닥거리듯 껌벅인다. 성급한 귀뚜리의 울음소리에 박자라도 맞추는 것처럼 뻐꾸기가 은근히 소리를 내었고 시샘이라도 하듯 멀리서 악머구리 한 마리가 빠그극 울었다. 경일이 손을 입에 모아 어설픈 개구리 흉내를 내었고 반딧불이가 꽁무니에서 까막까막 푸른빛을 깜빡댔다. 이 모든 것들이 자연하게 때구루루 한데 굴렀다.


"할아버지, 또 통장 된 거야? 우와! 대단하다. 할아버지 만세! 만세!"

집으로 돌아오는 길에 준휘가 할아버지를 얼싸안고 만세를 부르며 기뻐한다.

"할아버지! 참, 맞다!"

대문 앞에 이르렀을 때 준휘가 할아버지를 불러 세운다.

"할아버지! 근데 할아버지 내 진짜 할아버지야?"

"응? 진짜 할아버지지! 가짜 할아버지가 어딨노?"

"근데 왜 성이 나는 김 씨고 엄마는 윤 씬데 할아버지는 이 씨야?"

"준휘야!"

준휘 할아버지는 잠시 머뭇거리다 이야기를 이어 간다.

"성이 다를 수도 있는데. 나중에 크면 자세히 이야기해 줄게. 이거는 복잡해서 애들은 잘 모른다."

준휘가 무슨 말을 할 듯 말 듯, 말귀를 알아들어 보려 말똥거린다.

"어! 준휘야! 이빨이 무슨 말 하는 것 같다. '이' 해 봐라!"

"어? 무슨 말!"

준휘가 급히 양손으로 입을 가린다.

"아니! 함 보자! 목구멍으로 넘어가모 우짤래? 일단 살짝 보기만 할게!"

울상이 되어 손을 내리고 준휘가 입을 조금 벌린다. 할아버지가

살짝 만져 보듯 하다가,

"어! 준휘야 이빨이 말한다. 빼 달란다!"

라고 말하며 이를 쏙 뽑아내었다. 할아버지 손에 들린 앞니를 보자 뒤늦게 "히히~ 앙!" 하고 준휘가 울음을 터트린다.

"다 끝났는데 말라 우노? 하나도 안 아프제?"

준휘는 고개를 끄덕이면서도 울음이 멈추지 않는다.

"참 내! 와 우노? 피도 거의 안 난다."

"몰라. 그냥 눈물이 나와."

준휘가 할아버지 손에 들린 앞니를 보며 눈물 자국이 있는 얼굴로 해죽해죽 웃는다.


집으로 들어가 입을 헹궈 내고 뽑은 이를 지붕 위로 던지며 준휘가 노래한다.

"까치야! 까치야! 헌 이 줄게. 새 이 다오!"

던진 이가 어디쯤 떨어졌나 살피는데 뒤에서 뽁뽁대는 소리가 났다. 담벼락에서 내려와 소리를 찾아 두리번거리던 준휘의 시선이 마루 아래 창고에서 멈춘다.

오늘 아침, 보금자리를 나와 탐험을 시작한 새끼 고양이들이 밖으로 나가지 못하게 반쯤 막아 두었던 박스를 누군가가 복복대며 긁고 있다. 준휘가 가까이 다가가 창고 안을 살펴보니 박스 그늘 어둠 속에서도 흰털의 윤곽이 뚜렷한 것이 분명 흰나비다. 집을 나설 때만 해도 힘없이 누워 눈도 제대로 뜨지 못하던 흰나비가 박스 앞

**나에 살던 고향은**

까지 혼자 걸어와 박스를 복복대고 있었던 것이다.

"할머니! 할아버지! 흰나비가 다 나았나 봐! 지금 박스 앞까지 혼자 걸어왔어!"

할머니 할아버지가 하던 일을 멈추고 준휘에게로 온다.

"아이고! 아침까지만 해도 틀렸드만 인자 살아났다."

"세상에! 이기 다 준휘 덕분이다. 준휘가 이름도 흰나비라고 지어 주고, 또 기도를 열심히 해서 흰나비가 건강해진 거지. 할아버지 말이 맞제? 인자 팔랑거리고 다니는 모습을 준휘가 다 보겠네!"

준휘는 돼지 할매 집에서 노래를 부르고 칭찬을 받은 일, 아이들과 모여 귀신 놀이를 하며 시간 가는 줄 모르고 즐겁게 보냈던 일, 할아버지가 다시 통장이 된 일, 그리고 건들리던 이가 쏙 뽑힌 일, 이 모든 일들이 새봄에 흰나비를 먼저 보면 좋은 일이 생기듯 흰나비라고 이름 지어 준 새끼 고양이가 깨어나 찾아온 행운이라고 생각했다.

반딧불이가 까막까막 밤하늘을 날아다니고 푸른 은하수 사이로 별빛이 비껴 흐르던 여름밤을 준휘는 잊을 수 없을 것 같았다.

# 7.

## 제사

"월, 화, 수, 목, 금, 토, 일."

"순지 걸렸다!"

순지와 영애는 준휘가 유치원을 마치고 돌아오는 골목길을 지키며 고무줄뛰기를 하고 있다. 모자라는 술래 자리는 전봇대에 고무줄을 걸어 대신했다.

"준휘 언니 올 때가 됐는데 와 이리 안 오노!"

벽에 붙은 전봇대를 돌아 나가지 못해 할 수 있는 고무줄뛰기가 몇 개 없어 싫증이 나기 시작했다.

"우리 아이스크림 먹으면서 기다릴까? 너무 덥다."

뜨거운 햇볕에 정수리가 데워진 아이들이 슈퍼 앞 평상에 앉아 땀만큼이나 흘러내리는 얼음과자를 핥아먹는다.

"장호는 덥지도 않나?"

장호는 아이스크림도 마다하고 제대로 몇 번 넘어 보지도 못해 걸려 버리는 줄넘기를 열심히도 한다.

"장호가 원래 뭐 하나 딱 걸리면 밤새도록 한다."

"우와! 진짜?"

"응. 아무도 못 말린다. 어! 저기 준휘 아이가?"

"맞네! 언니야!"

순지가 강아지 모양으로 욜랑욜랑 준휘에게 달려간다.

"언니야! 얼마나 기다렸는지 아나? 빨리 고무줄뛰기 하자!"

준휘가 뭐라고 말하기도 전에 순지가 준휘 손목을 잡아끌어 냅다 달린다.

"아야! 순지야! 내 집에 가서 옷 갈아입고 올게!"

"그냥 하자!"

"안 된다. 치마 입고 고무줄뛰기 한다고 할머니한테 혼난다. 내 빨리 옷만 갈아입고 올게!"


집으로 들어간 준휘를 잠시도 기다려 주지 못하고 문밖에서 "빨리! 빨리!"를 연방 외쳐 대는 순지 때문에 할머니 눈치를 보아 가며 헐레벌떡 옷을 갈아입고 나온 준휘는 아직도 혼이 빠진 모양이다.

"권우는 오늘도 아프나?"

"아니. 어제 시골 갔다. 할머니 집에. 권영이 데리러. 하룻밤 자고 오늘 온다 했다."

권우보다 오 분 일찍 태어난 쌍둥이 권영은 권우와 달리 몸집이 크고 힘이 세, 또래들 사이에서 항상 대장질을 하였고 늦가을까지 반소매를 입고 다녀도 감기 한번 하지 않았다.

권우의 잦은 입원으로 몇 달간 시골에 가 지낸 권영이 다시 돌아온다는 소식에 준휘와 경일은 희비가 엇갈렸다. 온갖 괴롭힘을 일

삼는 경일과 그 무리들의 불한당 짓도 이제 잠잠할 터였다.

"빨리 가위바위보 하자!"

순지가 재촉한다. 아이들의 고무줄뛰기에 맞춰 담벼락의 그림자도 묶은 머리를 촐랑이며 어른거린다. 아이들의 노랫소리와 거친 숨소리, 그리고 까르르거리는 웃음소리로 골목이 정답다.

낮게 놀던 그림자들이 어느 틈에 성큼 자라 길게 드리워질 때까지 계속되던 고무줄뛰기가 별안간 순지의 고함으로 중단됐다.

"야! 니 뭐 하는데?"

순지의 시선을 따라 움직인 곳엔 눈의 흰자위만 제외하고 온통 까만 여자아이 두 명이 나란히 서 있다.

올해 아홉 살과 여섯 살이 된 현남과 수남은 동네 아이들과 어울리지 못하고 항상 둘이서만 붙어 다녔다. 품과 계절에 맞지 않는 옷은 더러워 본래 색을 구별하기 어려웠고 언제 감았는지 분간키 어려운 머리카락은 배추겉절이 모양으로 마구 뒤엉켜 있었다.

아빠의 습관적인 주폭과 생활고에 지친 현남의 엄마는 어느 봄날 현남의 손에 1만 원을 쥐어 주고 동생을 잘 돌보고 있으면 금방 돈을 벌어 데리러 오겠다며 집을 나갔다. 그러나 새로운 봄이 지나도 현남의 엄마는 돈을 벌어 오거나 데리러 오지 않았고 아빠의 주폭은 현남에게로 이어졌다.

"언니야! 저 인형 언니 꺼 아이가?"

순지가 수남이 손에 들린 인형을 가리키며 말한다.

"맞네! 저거 준휘 꺼 맞다!"

영애도 편을 든다.

"이거 내 꺼거든!"

수남이 인형을 등 뒤로 감추며 투깔스럽게 말했다.

"거짓말! 이거 니 꺼 아니잖아! 준휘 언니가 아까 들고나와서 고무줄 한다고 여기 놔둔 거 내가 다 봤거든!"

순지가 수남의 앞을 막아서고 말한다.

"야! 니가 무슨 상관인데? 니가 준휘 종이가?"

현남이 나선다.

"뭐라고? 너거 아빠한테 다 일러바칠 거다. 남의 것 훔치는 도둑이라고. 그때도 큰소리치는가 함 보자."

순지가 으름장을 놓는다.

"그거 빨리 돌리주라. 준휘 아빠가 미국에서 사 온 거다."

영애도 달려가 말한다.

"에이 씨! 자! 더럽다!"

수남이 인형을 땅바닥에 패대기치며 말한다. 아무 말 없이 서 있던 준휘가 인형을 집어 올린다. 가만있는 준휘가 얄밉상스레 보인 수남이 갑자기 돌을 집어 준휘에게 던지고 욕을 하며 도망간다.

"퉤퉤! 줘도 안 한다! 거지 같은 거! 씨발."

수남이 준휘의 얼굴을 겨냥해 던진 주먹만 한 돌이 제대로 맞지 못하고 준휘의 목과 쇄골뼈에 맞아 떨어진다. 놀란 준휘가 울음을 터트리고 당황한 현남도 수남을 따라 도망친다.

"무시 이리 못돼 처먹은 것들이 다 있노! 아요!"

돌을 맞고 준휘가 울음을 터트리자 순지는 준휘 할머니에게 쫓아가 일렀고 부리나케 뛰어나온 준휘 할머니는 그때부터 큰일이 난 모양으로 씨근덕대며 야단이다.

상처 난 자리에 빨간약을 바르고 준휘와 준휘의 인형을 양손에 나눠 잡은 할머니는 현남네로 곧장 찾아갔다. 손바닥만 한 바퀴벌레가 득실대는 부엌에서 물에 말은 밥을 김치 한 가지 반찬으로 부뚜막에 앉아 먹고 있던 아이들을 준휘 할머니가 마당으로 불러 세웠다.

"말해 봐라! 이기 니 끼가? 으이?"

"…."

"너므 꺼를 훔치다가 들킸으모 아요! 고이 돌리주모 될 일이지. 와 돌을 던지노!"

수남의 손때가 묻고 바닥에 팽개쳐져 더러워진 인형을 준휘 할머니가 수남의 턱밑으로 디밀며 소리친다. 고개를 숙여 바닥만 바라보고 있는 현남과 달리 수남은 암팡스러운 눈을 치켜뜨고 노려보듯 섰다.

"이 얼굴에 맞았으모 우짤 뻔했노! 아요! 말해 봐라! 얼굴 다칬으모 우짤 뻔했노!"

"…."

"이것 보래이! 이 못돼 처묵은 기! 오데서 눈을 치끼뜨노! 아요! 누가 그리 가르치드노? 근본 없는 것들이! 우리 아 얼굴에 맞았으모 우짤 뻔했노!"

계속되는 할머니의 불호령에 거칠 것 없어 보이던 수남의 눈에서 눈물이 잘금잘금 떨어졌다.

준휘는 할머니가 그만했으면 했다. 바퀴벌레가 기어 다니는 부엌에서 김치로 밥을 먹고 있던 수남이 가여웠고 무엇보다 얼굴에 맞지 않은 돌을 가지고 자꾸 야단이니 맞지 않는 일이었다.

"어르신! 무슨 일입니껴?"

일을 마치고 돌아온 현남의 아빠가 대문 앞에 섰다. 준휘 할머니는 수남이 돌을 던져 준휘 얼굴에 '맞을 뻔한 일'을 몇 번이고 되풀이했다.

준휘 할아버지가 연결해 주는 공사판에서 일을 하는 수남 아빠는 술버릇이 고약하긴 했으나 무슨 일이든 쩍말없도록 시키는 대로 해 놓았다. 그러나 특별한 기술이 있는 것이 아니어서 짧은 공사가 끝이 나면 금세 잊혀졌고 준휘 할아버지의 소개 없이는 어디서 일할 곳을 찾기가 어려웠다.

그런 수남 아빠는 호통을 치는 준휘 할머니의 면색을 불쾌할 만큼 극진하게 살폈고 그럴수록 현남과 수남의 낯빛은 불안했다.

"하마트모 큰일 날 뻔 안 했나, 아요!"

"예, 예. 어르신. 참말로 죄송합니더. 다시는 그런 일이 없도록 마, 제가 버르장머리를 고쳐 놓겠심더! 너거는 오늘 마 지기 뿐다!"

하마터면 큰일 날 뻔했다는 말을 그로부터 열댓 번을 더 한 끝에 준휘 할머니는 물러갔다. 집으로 돌아온 준휘 할머니는 인형을 몇 번이고 빨깍대며 주물러 씻어 널어놓았다.

준휘는 그날 밤 현남과 수남이 바퀴벌레가 득실대는 부엌에서 아빠에게 혼나는 모습이 꿈에 나와 잠을 설쳤다.


아침저녁으로 공기가 꽤 쌀쌀한 것이 풀잎에 이슬이 맺히기 시작한다는 백로다. 산을 닮아 작고 아담하게 웅크리고 앉은 집들마다 두께가 있는 이불을 꺼내고 산과 가까운 집들부터 밤에 군불을 지폈다.

하늘이 높고 바람이 잔잔하니 올해는 농사하는 사람들 풍년이 들겠다고 열무김치 국물에 국수를 말아 먹으며 준휘 할아버지가 흐뭇해한다.

건들리는 치아가 빠진 준휘는 금방 쪄서 김이 모락모락 나는 잘 영근 옥수수를 마음껏 돌려 가며 뜯어먹는다. 휘청거리며 움직이던 새끼 고양이들이 며칠 사이 홀쩍 자라 이제는 잽싸게 박스를 넘어 마당으로 나와 준휘의 발아래로 떨어진 옥수수를 주워 먹는다.

"밥 묵고 장에 갈 끼제?"

할아버지가 열무김치에 고추장, 참기름을 넣고 밥을 비비고 있는 할머니에게 말한다.

"야. 대목 아래라서 얼매나 비싼지."

내일, 그러니까 추석을 9일 앞둔 조부 제사로 준휘 할머니는 틈틈이 장을 보아 왔지만 대목 탓에 물가가 천정부지로 뛰어 매번 가벼운 바구니로 돌아왔었다.

"할머니! 빨리 가 보자!"

준휘는 구경거리가 많은 큰 시장에 가는 것이 마냥 즐거웠다.

어시장에 사람들이 복작복작 들끓는다. 사과니 배니 하는 온갖 과일들과 토실토실한 풋밤, 풋대추, 토란대, 깐 도라지들을 파는 곳을 지나니 고등어와 갈치, 오징어 등이 일렬종대로 누운 생선 가게가 끝도 없이 이어졌다.

할머니는 한 가지를 사더라도 여러 곳을 찾아다닌다. 준휘는 그런 할머니를 따라 쫄래쫄래 시장길을 한참 따라다니며 구경한다. 시장 바닥이 질어서 조심히 걸어도 준휘의 종아리에 구정물이 튀었다. 할머니는 꽃무늬가 수놓아진 깨끗한 손수건을 꺼내 수시로 준휘의 종아리를 닦아 주었다.

상하지 않는 건어물은 일찌감치 사 놓은 준휘 할머니는 곧바로 방앗간으로 향했다. 추석을 앞둔 방앗간은 떡을 하러 오는 부녀자들로 붐볐다. 크고 작은 기계들이 쉴 새 없이 붕붕 하며 돌아간다. 준휘는 찰까당거리며 기계에서 떡이 나오고 고춧가루가 나오는 것이 무척 신기했다.

"휘야! 우뭇국 사 줄까?"

준휘 이마에 나는 땀을 손으로 쓸어 닦아 주며 할머니가 묻는다.

"응! 응! 우뭇국 맛있겠다."

오늘같이 사람들 틈을 비집고 다니느라 기력이 달리고 더운 날에는 우무콩국만 한 것이 없다. 할머니와 준휘는 우뭇가사리가 들어

간 구수하고 걸쭉한 콩국을 한 그릇씩 마시고 더는 걷기가 어려울 때까지 시장을 돌아다녔다.

집으로 돌아올 때쯤엔 할머니의 새하얀 고운 손수건이 못 쓰게 될 만큼 더러워져 있었다. 얼멍덜멍한 할머니의 손수건에서 준휘는 새삼 사랑과 따스함을 느꼈다.

"할머니!"

"용아! 아이고 내 새끼야!"

아침부터 기다려 온 아들 내외와 손주들이 도착했다. 문을 열고 들어서는 재용을 보자 준휘 할머니는 부리나케 달려나가 덥석 안고 얼굴을 되작거린다.

준휘 할머니 말연은 1941년 열여덟 살이 되던 해에 대소 공격을 준비하는 일본의 관동군 특별 연습과 관련하여 조선 총독부의 지원 하에 조선인 여성을 대거 동원하여 정신대에 끌고 가는 것을 피하려고 준휘 할아버지의 둘째 부인으로 시집와 아들과 딸을 각각 두 명씩 낳았으나 첫째 아들은 돌을 넘기지 못해 개울에 빠져 죽고 막내딸은 고등학교 때 탈장으로 죽어 버렸다. 둘째 영신은 명문 여고에 진학해 은행에서 근무하다 공무원에게 시집을 보냈고 셋째 영수는 대학까지 공부시켜 인성 좋은 부잣집 막내딸에게 장가를 보냈다. 자신의 성품만큼 자식들을 곧게 키워 잘살게 하고 첫째 부인과의 인연도 오래전에 거둬 낸 말연은 남부러울 것이 없었다.

"그래, 멀미는 안 했나?"

"네. 계속 잤어요."

집안의 장손인 올해 다섯 살 재용이 숭굴숭굴하게 답한다.

"어무이! 잘 계셨습니꺼?"

며느리가 인상 좋은 얼굴로 인사한다.

"은냐! 온다고 고생했다. 어여 들어가자."

"아버지는예?"

"요 밑에 아는 사람 집에 잠깐 가셨다. 전기가 안 들어온다고 좀 봐 달라 캐서. 어여 들어가서 편한 옷으로 갈아입어라."

두툼한 아들 손을 꼭 붙잡으니 든든하고 흐뭇해진다.


저녁이 되어 친척들이 모두 모였다. 부엌에서는 제사 음식을 장만하고 손님들을 대접하느라 분주하다. 어둠이 내려앉은 지붕 아래로 나오는 연기가 달빛에 아른아른 굽이친다. 아이들은 마루에 앉아 장난을 친다.

"준휘 누나야! 우리 발씨름 하자!"

재용의 제안으로 발씨름이 시작됐다.

"오예! 내가 또 이겼다."

두 판을 연달아 넘어간 재용은 약이 바싹 올라 시작도 하기 전에 불쑥불쑥 발을 밀고 들어왔다. 준휘는 다리가 걸릴 때마다 민첩하게 벗어나 요리조리 잘 피해 다닌다.

몇 번의 시도 끝에 재용이 준휘의 정강이 안쪽으로 한 발을 밀어 넣었다. 이번엔 제대로 걸렸다. 이때다 싶은 재용이 힘을 주어 넘기려는 찰나 도리어 자기 힘에 튕겨 중심을 잃고 마루 아래로 꼬꾸라진다.

엉겁결에 재용의 손에 붙잡힌 준휘도 같이 바닥으로 곤두박질쳤고 둘은 동시에 같은 모양으로 담벼락 발 받침돌에 나란히 머리를 찧었다.

"옴마야! 용아!"

아이들의 울음소리에 놀란 어른들이 쫓아 나왔다. 가장 먼저 뛰어나온 할머니가 재용을 안고 머리를 살핀다.

"용아! 괜찮나? 보자!"

재용의 머리를 살펴 크게 다친 곳이 없음을 확인한 할머니는 준휘를 나무란다.

"이 가수나야! 요 쇠에 머리를 찧었으모 우짤 뻔했노! 세상에!"

할머니가 재용의 옆으로 튀어나온 담벼락 철근을 가리키며 준휘에게 소리친다.

"큰일 날 뻔했다. 아요! 요 쇠에 머리 찧었으모 우짤 뻔했노!"

달려 나온 어른들 모두 재용을 살피기 바빴으므로 혼자 몸을 일으켜 앉은 준휘는 낯설지 않은 상황에 당황하여 어찌할 바를 몰랐다. 단지 나무라는 상대가 바뀌었을 뿐, 하마터면 큰일 날 뻔했다는 할머니의 노여움은 며칠 전과 다르지 않았다. 어른들의 손이 겹겹이 포개져 재용의 머리를 문지르는 동안 준휘는 자기 손으로 머리를 만지며 서럽게 울었다.

"가수나가 뭐 잘했다고 소리를 내서 우노! 까딱 잘못했으모 머리

터질 뻔했다. 요 쇠에 머리 찧었으모 우짤 뻔했노! 아요!"

준휘는 할아버지를 눈으로 찾았으나 보이지 않았다. 눈물을 잘금
거리며 서럽게 우는데 재용의 엄마가 다가와 준휘를 안아 준다.

"준휘야! 괜찮나? 보자! 아이고! 큰일 날 뻔했네! 괜찮다!"

준휘의 머리를 문지르며 달래 준다. 준휘는 머리가 아픈 것보다
숙모라도 없었으면 이 상황을 어떻게 해야 했나 생각하니 서러웠다.


문풍지 사이로 비치는 뽀윰한 달빛에 눈을 깜빡여 눈물을 떨구어
낸다. 제사를 지내고 사람들이 돌아갔다. 오늘 밤을 묵고 가는 용이
네 식구들은 웃풍이 없는 방 안쪽에서부터 차례로 누웠고 문가로
자리 잡은 할머니 옆에 준휘의 베개가 놓였다.

눈물이 치솟을 것 같아 애써 생각을 지우고 있던 준휘는 어두운
밤 모두가 잠들기를 기다렸다 살짝 손을 올려 머리에 난 혹을 만져
본다. 그러면서 오늘의 상황을 이해해 보려 애쓴다. 하지만 당황스
러운 마음은 도무지 헤아려지지가 않고 울음만 목구멍에서 꿀걱꿀
걱 올라왔다. 확실한 것은 수남과 준휘에게 내보인 할머니의 소중
함에 대한 엄청난 차이만큼 재용과 자신이 그러하다는 것이다. 눈
물과 콧물이 섞여 흐르지만 우는 것이 들킬까 훌쩍이지 못하고 목
구멍으로 꾹꾹 삼킨다.

얼마나 지났을까. 깜빡 잠이 든 모양이다. 침묵을 지키는 달빛을
찾아 몸을 살짝 뒤채여 보지만 칠흑 같은 어둠만 보인다. 너무도 새
까매 헤쳐 나갈 수 없는 것이 마치 자기의 상황처럼 여겨져 다시 눈

물이 쪼르르 흘렀다. 눈을 감았는지 떴는지 분간할 수 없던 어둠이 물결로 일렁이는 서러움처럼 옥색 빛에 밀려나고 준휘는 스르르 다시 잠이 들었다.


재용이 졸라 유치원을 가지 못한 준휘는 그러나 아침을 먹고 얼마 되지 않아 집으로 돌아가 버린 삼촌 식구들로 할 일이 없어져 골목으로 나왔다.

순지에게 가 보려고 비탈을 내려와 골목을 꺾는데 며칠 전 준휘와 아이들이 전봇대에 묶어 두고 갔던 고무줄로 현남과 수남이 놀고 있는 것이 보였다. 준휘와 눈이 마주친 수남은 황급히 고무줄에서 다리를 빼고 안절부절못하다 달아나려 했다. 그런 수남을 준휘가 불러 세웠다.

"수남아!"

"니 내 이름을 어떻게 아는데?"

둥그런 눈을 하고 수남이 대답 대신 묻는다.

"동네 사는 친구잖아."

"…."

수남은 멀뚱멀뚱 쳐다보기만 한다.

"같이 고무줄 할래?"

현남이 끼어든다.

낯이 설고 익지 않아 서먹서먹하던 것도 잠시 이내 아이들은 금세 서로에게 친숙해진다. 한참을 땀을 흘리며 놀던 아이들이 처마

밑 그늘 아래에 옹기종기 앉았다.

"수남아, 이거 니 할래?"

준휘가 며칠 전 수남이 만졌던 인형을 내민다.

"너거 아빠가 미국에서 사 온 거라메?"

"아닌 거 같다."

"응? 아빠가 사 준 거 아니라고?"

"아니. 미국."

"응?"

말뜻을 알아듣지 못하는 수남이 재차 묻는다.

"그런 게 있다. 그냥 니 해라."

"그래도 되나?"

"응."

조심스레 인형을 받은 수남의 얼굴에 가득히 웃음이 피어난다. 너무도 환한 미소에 준휘는 도리어 미안한 마음이 들었다. 언제부턴가 크게 의미를 두지 않고 그저 습관처럼 가지고 다녔던 물건이 이렇게 누군가를 기쁘게 할 수도 있다는 것이 신기했다.

"준휘야!"

현남이 부른다.

"응?"

"니는 좋겠다."

"뭐가?"

"맨날 예쁜 옷 입고, 머리도 예쁘게 하고, 친구들도 많고, 유치원도 다니고.”

“언니는 학교 다니잖아. 나도 학교 다니고 싶다. 어! 맞다! 언니 오늘 학교 가는 날 아이가?”

“나는 학교 가는 거 싫다.”

“왜?”

“우리 언니는 유치원에 못 다녀서 글자도 잘 모르고 친구도 없어서 학교 가기 싫어한다. 맨날천날 선생님한테 혼나기만 하고. 그래서 아빠 없는 날엔 학교 잘 안 간다.”

수남이 끼어들어 말한다.

“근데 사실 나도 학교 가는 거 무섭다. 학교 입학하기 전에 유치원에 다닐 수 있으면 좋겠다. 거기서 친구들도 만나고 글자도 배우고.”

“내랑 하자.”

“뭐? 글자 쓰는 거?”

“아니. 친구 하는 거. 맨날 같이 놀면서 동화책도 보고 하다 보면 글자도 알게 될 거야. 순지도 처음엔 자기 이름 못 썼는데 지금은 이름도 쓰고 글자도 조금 읽을 수 있거든. 그리고 글자 몰라도 친구 사귀는데 아무 상관 없다.”

“진짜?”

“응.”

“그러면 우리 오늘부터 친구 하는 거다. 약속!”

수남의 손가락에 새끼를 걸면서 준휘가 수남의 말을 따라 한다.

“약속!”

마주 보는 두 얼굴에 티끌 없는 웃음이 담뿍하다.

수남은 난생처음 언니가 아닌 사람과 싸움 대신 놀이를 하고, 한 번도 가져 보지 못한 인형을 선물 받고, 무엇보다 자기에게도 친구가 생겼다는 사실이 무척이나 기뻤다. 더구나 이 동네에서 제일 부러움을 받는 아이라니 믿을 수가 없었다.

준휘는 수남의 일을 생각하며 문득 내가 부러워하는 누군가도 남모르게 슬픈 일이 많이 있을 수 있겠다는 생각을 해 본다. 예를 들면, 매주 성당에 올 때 늘 흰 장갑을 한쪽 손에 끼고(어렸을 적 끓는 물에 데여 화상을 입은 상처를 가리느라 한쪽 손에 할머니가 만들어 준 하얀 장갑을 끼고 다닌다 들었지만 준휘는 그것마저도 부러운 적이 많았다.) 아빠가 운전하는 자동차를 타고 나타나는 수하라는 아이가 사실은 엄마와 아주 멀리 떨어져 살아 성당에 올 때마다 엄마를 자주 볼 수 있게 해 달라고 아기 예수님께 기도할지도 모를 일이라고.

재갈재갈 골목길에 웃음꽃이 구른다. 이치를 깨치기엔 아직 너무 이른 나이지만 아이들은 어렴풋이 알아 가고 있다. 사람은 누구나 모양과 크기가 다른 부족함을 가지고 살지만 그것은 다행히도 받아들이는 감도가 공평하지 않아서 누군가의 사소한 성의가 넉넉해지고 그래서 사랑하고 사랑받을 수 있게 된다는 것을.

# 8.

## 경일이와 도깨비방망이

담벼락을 따라 멋없이 핀 코스모스를 경일이 툭툭 꺾어 버린다. 경일이 지나온 자리를 따라 목이 잘려 바닥에 떨어진 코스모스가 바람에 팔랑인다.

어제까지만 해도 경일에게 태산 같기만 하던 아버지가 오늘 아침부터 경일을 알아보지 못했다. '복막암 말기.' 4개월 전 고려 병원에서 진단받은 병명이다. 아버지는 그날부터 얼마지 않아 물 한 모금 삼키지 못하고 밤낮으로 토했다. 복수가 차고 대장이 막혀 변을 보지 못해 똥물을 입으로 다 뱉어 낸 뒤로는 진녹색의 쓸개즙을 토하느라 잠도 앉아서 자야만 했다.

그런 아버지가 어제저녁 4개월 만에 처음으로 자리에 누웠다. 쓸개즙은 아버지가 잠든 사이에도, 의식이 가물거리는 오늘 아침에도 끈질기게 코로 흘러나왔다.

경일은 그런 아버지 옆에서 텔레비전을 보고 밥을 먹고 로봇을 조립했다. 간간이 들리는 아버지의 잔소리가 그 일들을 평소처럼 할 수 있게 만들었다. 하지만 오늘 아침, 아버지의 잔소리가 사라지자 경일은 밥 먹는 것도 텔레비전을 보는 것도 로봇을 가지고 노는

**나에 살던 고향은**

일도 할 수 없었다.

경일의 엄마는 여기저기 전화를 걸어 "준비를 해야 되겠습니더." 를 말하느라 가게를 여는 일, 청소를 하는 일, 경일을 유치원에 보내는 일 등을 준비하지 못했다.

중학교에 다니는 누나가 조퇴를 받고 오겠다며 학교를 가고 난 뒤 대문 앞에 앉아 돌아올 누나를 기다리며 개미집을 막대로 쑤시다 지겨워진 경일은 골목으로 나와 여기저기를 기웃거렸다.

담벼락에 핀 코스모스가 아무 일 없다는 듯 꽃송이를 살랑살랑 흔들며 신선한 향기를 흩날리자 심술이 난 경일은 애꿎은 코스모스에게 화풀이를 해 댔다. 그래도 기분은 나아지지 않았고 아무나 톱톱한 상대를 찾아 못살게 굴고 싶어져 골목을 좀 더 벗어났다.

용마상회 앞에 이르니 경일을 등지고 평상에 앉아 혼자 공기놀이를 하고 있는 수남이 보였다. 장난기가 발동한 경일은 근처에서 은행 열매를 주워 평상 끝에 벗어 둔 수남의 신발에 몰래 넣어 두고 수남이 앞으로 다가가 시비를 건다.

"야! 니는 맨날 혼자 노나?"

"무슨 상관인데!"

걷어차이고 울음이 터져야 끝나는 싸움이다. 동네 아이들 누구 가릴 것 없이 괴롭히는 것을 즐거운 놀이로 생각하는 경일이지만 유독 수남에게 더 지독하게 굴었다.

어제도 달라드는 수남을 발로 차서 넘어뜨린 경일은 수남이 울음을 터트리자 수남의 벗겨진 신발을 축구공처럼 차며 골목 끝까지 달아나서는 "거지 신발 주워 가실 분!" 하고 놀려 댔다. 수남은 이 사실을 새로 사귄 친구들에게 내색하지 않았다. 경일이 괴롭히지 않는 유일한 친구들에게 창피스런 모습을 보이고 싶지 않아서다.

"짠! 이것 봐라!"

경일이 우뢰매 책받침을 흔들며 자랑한다. 수남의 눈동자가 책받침을 따라 잠시 움직인다.

"저번에 극장 가서 우뢰매 보고 아빠가 사 준 거다! 니는 이런 거 없지롱~!"

"나는 우뢰매 안 좋아한다."

"거짓말! 니는 우뢰매 본 적도 없잖아! 극장에 한 번도 못 가 봤제? 우리 아빠가 아픈 거 다 낫고 나면 극장 가서 이번엔 도깨비방망이 보여 준다 그랬다!"

수남이 관심을 두지 않고 공기놀이를 시작한다.

"봐라! 쥑이제?"

수남이 쳐다보지 않자 경일은 수남의 가슴팍에 책받침을 들이밀며 말했다. 수남이 공기를 거둬 아예 경일을 등지고 앉아 버린다. 약이 오른 경일이 평상을 돌아 시비를 건다.

"으윽! 손 봐라! 드룹다. 거지 손!

"꺼지라!"

수남이 지지 않고 고개를 빨딱 들어 경일을 노려본다.

"가스나가 뭐 째리보노?"

"니도 놀아 주는 친구 없나? 왜 여기서 이라는데?"

"아! 씨! 입 냄새! 니는 양치질도 안 하제? 거지!"

"꺼지라! 재수 없다!"

수남이 앉은 채로 경일의 배를 민다.

"미쳤나! 가시나야!"

경일이 수남의 머리를 때리고 평상에 놓인 공기를 잡아 멀리 던져 버린다.

"왜 때리는데!"

"아잇! 드럽게! 집에 가서 옷 갈아입어야겠다. 왜 때리는데~ 왜 때리는데~!"

경일이 수남을 놀리며 뒷걸음으로 달아난다. 경일이 던져 버린 공기를 주우려 평상을 내려와 신발을 신는데 불쾌한 촉감과 함께 구린내가 물씬 콧구멍을 뚫고 퍼졌다. 가장 아끼는, 사실 발에 맞는 유일한 신발인데. 수남은 그만 울음을 터트렸다.

"야! 니 오늘 잘 걸렸다."

꺾어진 골목 끝에서 권영에게 뒷덜미가 잡힌 채로 경일이 끌려온다. 토요일이라 일찍 유치원을 마치고 돌아오는 준휘 무리에게 수남을 괴롭히는 장면이 들켜 버린 것이다. 준휘는 울고 있는 수남에게 달려가 달래 주고 권우는 팔짱을 낀 채로 지켜본다.

"사과해라! 빨리!"

"아! 아프다! 놔라!"

"사과해라 했다!"

뒷덜미를 옴켜잡은 손을 힘주어 누르며 권영이 재차 말한다.

"아! 놔라! 니가 무슨 상관인데?"

경일이 벗어나려고 발버둥 치며 손을 부르쥔 채 마구 휘두르다 권영의 턱을 저도 모르게 쳐 버렸다. 엉겁결에 턱을 얻어맞은 권영이 그대로 경일의 얼굴에 주먹을 날렸다. 얼굴을 감싸진 경일의 손 아래로 주르르 코피가 흘러나왔다.

삽시간에 벌어진 일이라 경일은 잠시 아무것도 하지 못하고 서 있다가 외마디 소리를 지르며 뒤늦게 나자빠져 귀청이 찢어지게 울기 시작했다. 그런 경일에게 준휘 무리들은 물론이거니와 모여 구경하던 다른 아이들 누구도 다가와 일으켜 준다거나 측은한 눈빛을 보내지 않았다. 오히려 자기가 당한 일을 본때 좋게 갚음한 것 같아 고소해하는 분위기였다.

당한 일보다 견딜 수 없는 창피함에 몸을 벌떡 일으킨 경일이 코를 틀어막고 도망쳤다. 코피만큼 벌게진 얼굴을 하고 달리며 나중에 저기 서서 지켜보던 놈들을 반드시 앙갚음해 주리라 다짐한다.


곡소리와 함께 문전에 기(忌) 자가 붙고 발등거리가 달렸다. 대문 앞으로 사자상과 사자짚신이 차려졌다. 부슬부슬 내리는 비에 짧은 해가 일찍 산머리로 넘어가 버린 가을 저녁, 통장이 방송으로 초상을 알리고 동네 사람들은 너나없이 모두 나서서 부조하는 데 몸을 사리지 않고 거든다. 베 두건과 상복을 한 어린 상주는 마음을 강단지게 먹어야 한다고 일러 준 엄마의 말에도 고개를 외로 꼬아 애고 대고 운다. 초상이 난 집의 작은 마당은 문상객들로 욱닥대고 동네

나에 살던 고향은

아낙들은 치다꺼리로 분주했다.

"아이고, 내사 마 더는 못 보긋드만. 잘 갔다. 마. 그리 고통시릅고 로….."

"참말로, 우짜다가 고로코롬 무시무시한 병에 걸리가….."

"암이 그렇다 안 하요! 세상에! 경일이 아부지는 수술도 한번 몬 해 보고….."

"그래도 빚을 많이 졌다 카든데. 몇 년을 간갱화다 허리 수술이다 병원 신세도 많이 지고 저 쌀가게 채리면서 빌린 돈도 만만찮다드 만."

"그래, 경일 애미가 초상 치르고 나믄 가게도 정리하고 돈 벌러 댕긴다고 아들을 할매 집에 맡긴다 안 하요."

"오데? 의령 본가에?"

"아이고, 의령에 저거 할매는 거동도 몬 하는데 뭐. 용마산 밑에 외할매한테 간단께."

"저거 누나야 다 컸고 야무지서 그렇다 케도 저 알라 불쌍해서 우짜노. 그래."

문상객과 부좃일을 번갈아 하며 사람들이 수군댄다. 굴건제복을 한 어린 상주가 서럽게 통곡을 하니 참석한 이들 모두가 애통해한 다. 따라온 아이들도 헤실대거나 조잘거리지 않고 차분히 앉았다.


무심한 가을비가 삼 일 내내 추적추적 내린다.

"이제 가면 언제 오나~. 어야디야~."

상두꾼들의 만가 소리와 함께 빗속에서 상여가 뜬다. 두 패로 질러진 상두꾼들 뒤로 어린 상주가 호곡하며 따른다. 지짐지짐 내린 비에 떨어진 낙엽을 밟으며 사람들은 어린 상주의 뒷갈망에 대한 걱정으로 만가를 받아 후렴 한다. 쉬어 잠긴 통곡 소리가 가을비처럼 가슴을 휘둘러 때린다. 관이 장례차에 실리고 동네를 한 바퀴 빙 둘러 나갔다.

한 생명의 종결과 중복되지 않는 인연의 단절, 그리고 그것을 망각하기 위한 절차를 이웃 사람들이 함께하며 죽음을 통해 삶의 의지를 북돋웠다.


"얏호~! 나는 제일 앞에 앉아서 볼 거다!"

친구들과 극장에 가는 순지가 신이 나서 말한다.

"앞에 앉으면 더 안 보인다. 중간 자리가 제일 좋지."

순지처럼 극장에 처음 가 보는 영애지만 아는 체를 한다.

"그래도 나는 제일 앞에 앉아서 볼 거다!"

"자… 자… 장호 소… 손, 꼬… 꼭 잡고."

"알았다. 고모! 몇 번을 말하노. 화장실 갈 때도 앞에서 딱 지키고 있을게."

아이들을 극장 앞에까지 데려다주며 영애 고모가 장호를 당부한다.

추석이 다가오기 전부터 아이들끼리 계획하고 기다려 온 극장 나들이를 가는 날이다. 추석 때 받은 용돈을 각자 챙겨 영애 고모의 인솔에 따라 영애, 장호, 권영, 권우, 준휘, 순지, 현남, 수남이가 앞서거니 뒤서거니 하여 신나게 걷는다.

"근데 진짜 뭐 보지?"

준휘가 말한다.

"그니까. 진짜 뭐 보지? 도깨비방망이도 보고 싶고, 우뢰매도 보고 싶고⋯."

영애가 대답한다.

"우뢰매! 우뢰매! 나는 꼭 우뢰매 보고 싶단 말이야."

수남이 폴짝폴짝 뛰어가며 말한다.

"도깨비방망이도 재밌다 하던데."

권영이 나선다.

"아니! 우뢰매 보자. 나는 용돈 남은 걸로 우뢰매 책받침도 꼭 살 거란 말이야!"

수남이 사정하듯 말한다.

"책받침 사서 뭐 할라고? 나는 빵이나 한 개 더 사 묵을란다."

순지가 불룩 나온 배를 하고 뒤뚱뒤뚱 걸으며 말한다.

"순지 니 배에 빵이 벌써 열 개는 들어 있는 것 같다."

영애의 말에 아이들이 모두 웃는다. 성격 좋은 순지도 같이 헤실거린다.

"어! 저기 경일이네!"

준휘가 가리킨 곳에 전봇대 뒤로 몸을 살짝 감춘 경일이 서 있다. 골목을 걸어오던 경일이 아이들을 보자 오도 가도 못하고 엉거주춤 전봇대 뒤로 몸을 피했던 것이다.

"경일아! 우리 영화 보러 가는데 같이 보러 갈래?"

준휘가 다정하게 말한다.

"우리 우뢰매 보러 갈 거다!"

"나는 그거 벌써 봤다."

순지의 말에 경일이 퉁명스럽게 대꾸한다.

"아이다. 우리 오늘 도깨비방망이 보기로 했다. 같이 가자!"

방금 전까지 꼭 우뢰매를 보겠다고 주장하던 수남이 갑자기 태도를 바꾸자 경일을 제외한 아이들이 모두 의아해하며 바라본다.

"내 지금 돈도 없다."

"내… 내… 내가… 비… 비… 빌리주께."

나에 살던 고향은

영애 고모가 말했다. 경일은 고개를 기웃하니 숙이고 아무 말 없이 신발로 전봇대를 툭툭 찬다. 그때 권영이 나서서 경일의 어깨를 두르며 외친다.

"가자. 그냥."

못 이기는 척 권영에게 끌려가는 경일의 옆으로 아이들이 따라와 줄줄이 손을 이어 잡는다. 서로 색깔이 다른 아이들이 나란히 무지개를 만들어 걸어간다.

그렇게 용마산 아래 동갑내기들은 아픔을 길 삼아 서로 친구가 되었다. 마치 도깨비가 방망이로 요술을 부린 것처럼. 훗날 세상 속으로 나아가야 하는 어느 날 서로에게 손잡고 보듬어 줄 수 있는 용기가 되어 줄 것이다. 아이들은 아픔을 통해서 서로 성장하는 법을 조금씩 알아 가고 있다.

# 2.

## 왕자와 거지

"너거 그거 아나? 원래 용마산이 무학산하고 저기 보이는 제비산하고 전부 이어져 있었다는 거."

"진짜?"

"니가 어떻게 아는데?"

수남의 말에 아이들이 믿을 수 없다는 표정이다.

"진짜다. 우리 아빠가 그랬는데 원래 제비산이랑 용마산이랑 모두 무학산 줄기였다는데 일본 놈들이 철도 만들면서 다 끊어 놨다더라."

"에이, 거짓말! 너거 아빠는 그때 태어나지도 않았는데 어떻게 아는데?"

순지가 사탕을 호물호물 빨며 얘기한다.

"우리 아빠도 할아버지한테 들었는데 진짜 맞다더라!"

"우리 할아버지는 용마산이 용하고 말하고 싸우다가 둘 다 죽어서 저렇게 산이 됐다던데."

준휘도 이야기를 보탠다.

"그거는 전설 같은 거고. 수남이 말이 맞아."

나에 살던 고향은

조용히 듣던 권우가 수남의 편을 든다. 권우의 말은 신기하게도 언제나 모두의 수긍을 끌어낸다.

동쪽 등성이에서 왜성을 타고 놀기를 시작한 아이들이 어느새 서쪽 봉우리로 넘어왔다. 제비산과 마산 시내가 훤히 내려다보이는 그늘진 바위 위에 앉은 모습이 마치 소쿠리에 올망졸망 담긴 감자들 같다.

11월의 투명하고 삽상한 가을바람은 금세 땀을 가져갔다. 겹옷도 없이 걸친 옷마저 댕강하게 짧은 수남이 한기가 드는지 몸을 떨었다. 아침에 먹은 물에 말은 밥이 전부였던 수남의 얼굴은 시장기가 또렷하다. 권우가 손에 쥐고 있는 자신의 겉옷을 수남에게 건네며 말한다.

"우리 이제 내려가자."

권우의 말에 아이들이 모두 일어난다.


"어! 저기! 인경이 언니다!"

"언니야!"

"누나야!"

산에서 내려오던 아이들이 학교를 마치고 돌아오는 인경에게로 달려가 반긴다.

"너거 용마산에 갔다 왔나?"

"응. 언니야! 배고프다."

인경의 물음에 순지가 엉뚱한 소리를 한다.

"돼지 할매 집에 가 있어라. 언니가 라면 챙기 갈게."

인경이 웃으며 말한다.

"오예! 오예!"

순지가 까분다. 아이들 모두 웃음이 터졌다.


건국대 점거 농성 사건 관련자 일천이백칠십사 명을 구속
기로 방침을 정한 검찰과 경찰은 삼 일 밤, 일 차로 팔백칠
명에 대한 영장을 법원으로부터 발부받아 서울시경 산하 각
경찰서 유치장에 구속 수감했습니다.


"아나, 요 감자하고 콩도 구버 먹어 봐라."

귀가 어두운 돼지 할매가 크게 틀어 놓은 라디오 소리 틈으로 외
친다. 인심 좋은 돼지 할매는 광에서 감자와 뿌리째 뽑은 콩을 소쿠
리에 가득 담아 나온다.


법무부와 검찰은 이와 함께 사법 사상 최대 인원 구속을
기록한 이 사건 관련자들의 수감 및 순화 교육 대책 마련에
나서 이들이 검찰에 구속 송치되는 대로 남학생 칠백구십이
명은 서울 영등포 성동 구치소와 안양 교도소에 수용하고
여학생 사백팔십이 명은 의정부 교도소에 수용하기로 했습
니다.

법무부는 또 비좁은 구치소 등의 수용공간을 넓히기 위해

매월 말 사, 오백 명씩 실시되는 가석방을 이달에는 초순으로
앞당기고 숫자를 늘려 빠른 시일 내에 실시키로 했습니다.

"저짝에 가서 장작 좀 가꼬 온나. 마른 풀하고 솔가지도 주서 오
고."
돼지 할머니의 말에 아이들이 역할을 나누어 움직인다.

검찰은 이날 발표문에서 '학생'이라는 표현을 쓰지 않고
처음으로 '공산혁명 분자'라는 표현을 썼습니다. 검찰의 이
같은 대응은 이 사건에 임하는 당국의 강력한 입장을 반영
하는 것으로 풀이됩니다.

"참말로 저 공산당 씨앗들 모조리 싹 다 잡아가 쥑이 뿌야제. 어
마무시한 것들. 참말로 큰일이다."
"할머니, 공산당이 진짜 무서워요?"
준휘가 솔가지를 내려놓으며 묻는다.
"하모, 모두 다 간첩이고 빨갱이들 아이가. 멀쩡한 사람들 꼬아가
잡아 쥑이고."
"힝, 공산당들이 우리 잡아가면 우짜노."
순지가 혀짤배기소리를 낸다.
"니하고 내는 무거워서 못 잡아간다. 걱정 말그레이."
경일의 말에 아이들이 까르르 웃는다. 순지는 경일을 노려보며

삐죽거린다.

"할매!"

인경이 라면과 국수를 들고 나타났다.

"아빠가 저번에 김치 너무 맛있다고 이거 잡수시래요."

라며 국수를 돼지 할매에게 건넨다.

"아이고. 참말로. 뭐 한다꼬! 너거나 묵지."

"아니에요. 아빠가 매번 감사하다고 꼭 전해 달래요."

"은냐. 잘 묵을꾸마."

"언니야! 라면 빨리 끼리 도라. 배고파 죽겠다."

순지의 재촉에 돼지 할매가 화덕에 불을 지피고 인경이 냄비에 물을 받아 얹는다. 검불과 나뭇가지, 장작이 한데 엉켜 오지직오지직 불똥이 튄다. 화덕을 중심으로 오로록 모여 앉은 아이들은 매캐한 연기에 눈물을 흘리면서도 자리를 떠나지 않는다.

"인자 너거끼리 할 수 있겠제? 할매 부엌에 가서 일해야 된다."

돼지 할매가 아픈 다리를 조금씩 움직여 일어난다.

"네! 할머니!"

아이들이 신이 나 말한다.

"감자부터 넣어 놓자!"

인경의 말에 아이들이 감자를 하나씩 집어 들고 모닥불 속으로 던졌다. 인경이 검불 한 움큼을 불꽃에 집어넣고 막대로 감자를 고루 불 속으로 굴린다. 장작이 건들릴 때마다 피어오르는 불꽃이 마치 수많은 별똥별 같다는 준휘의 말에 아이들은 제각각 별똥별을 타고 우주를 여행하는 상상을 해 본다.

그사이 냄비의 물이 끓고 다 익은 라면을 순식간에 나눠 먹은 아이들은 야울야울 타고 있는 모닥불 속으로 이번엔 콩 무더기를 던져 넣었다. 조랑조랑 매달린 연두색 콩깍지가 봉긋하게 솟아오르고 금세 지글거리며 익는다. 구수한 향이 피어오르자 너 나 할 것 없이 코를 벌렁거리며 뜸들이는 시간을 애타게 기다린다.

담상담상 까만 재가 붙은 콩깍지를 잡고 아래쪽을 눌러 봉긋하게 솟아 나오는 연두색 콩알을 쉴 새 없이 뽑아 먹는다. 얼굴 여기저기에 검댕이가 까뭇까뭇 묻고 그을음 냄새가 머리카락에 달라붙었다. 아이들은 마주 보며 연신 까르르댄다. 마당에서 떼 웃음소리가 모닥불 연기와 함께 온 동네로 퍼져 나갔다.


"준휘야! 같이 가."

아이들과 떨어져 혼자 멀찍이 본당으로 걸어 올라가는 준휘를 권우가 불러 세웠다. 준휘는 고개를 돌려 흘깃 본체만 하고 다시 계단을 올라갔다. 어지간한 일로 마음을 구기는 일이 없는 준휘가 쌔무룩이 토라진 모습이 낯설다.

주일 학교에서 크리스마스이브에 공연할 '왕자와 거지' 연극 배역을 정하면서부터다. 주인공까지는 아니더라도 내심 비중 있는 역할을 기대했던 준휘는 단독 대사라곤 한 줄밖에 안 되는 '아이 7' 역할에 실망이 컸다.

더구나 글도 읽을 줄 모르는 수남에게 '왕자' 역할을 정해 주는

선생님과 못 하겠다 손사래 치는 수남을 돕겠다고 나선 권우도 준
휘의 낙담을 키우는 데 한몫했다.

'왕자'의 절친인 '헨든' 역할을 맡은 권우와 수남은 배역이 정해
지자 곧바로 대사를 맞추기 시작했고 그 모습을 '지나가는 오리1'
권영과 '지나가는 오리2' 순지 옆에서 함께 지켜봐야만 했다.

"준휘야! 왜 그래?"

권우가 달려와 준휘의 손목을 잡으며 말했다. 용마산에서도 그렇
고 사사건건 수남의 편을 들어 주는 권우가 준휘는 얄미웠다.

"뭐가?"

본당 문을 열고 들어가며 준휘가 퉁명스럽게 말했다.

"오늘 미사 마치고 남아서 같이 연습하고 갈래?"

"내가 연습할 대사가 뭐 있노!"

아무 일 없다는 듯 다정스러운 권우의 말투에 더욱 용심이 난 준
휘는 볼이 오동오동 부어 앞자리로 쌩하니 가 버렸다.


'챙챙챙, 팅챙, 팅챙.'

트라이앵글을 잡은 손이 덩치에 비해 앙증맞다. 열심히 따라 치
는데 박자가 계속 어긋나 진땀을 빼는 경일의 모습이 곰상스럽다.

"경일아! 니는 글렀다."

선생님들이 간식으로 준비해 준 호빵을 찜솥에서 꺼내 두 손으로
급하게 빨딱빨딱 옮겨 가며 순지가 말한다.

"순지야! 선생님이 하나만 먹으라고 한 거 못 들었나?"

경일이 입을 딱 벌리는 시늉을 한다.

"안다. 근데 지금 먹는 거는 권우 꺼다."

순지가 낄낄거리며 호빵을 호호 불어서 볼이 미어지게 베어 물었다.

"니 꺼도 먹어 줄까?"

입을 겨우 움직이며 말하느라 발음이 어름어름하다.

"순지 니는 먹을라고 성당 오제?"

"아이다. 내 연습도 얼마나 열심히 하는데."

"지나가는 오리가 뭐 연습할 거나 있나?"

"뭐 꽥꽥이나, 챙챙이나."

순지가 남은 호빵을 입속에 던져 넣으며 말했다.

"준휘 언니야! 호빵 안 먹을 거가?"

순지가 한쪽 귀퉁이에서 아이들과 함께 한참 연습 중인 준휘를 부른다.

"응, 순지야. 호빵 안 먹을란다."

배역을 정하고 처음 대본을 받았을 때만 해도 별로 할 일 없는 하찮은 역할이라 여겼는데 막상 연습을 시작하니 대사가 없어도 움직임이나 표정, 그리고 다른 아이들과의 호흡 등등, 맞추고 살펴야 할 것이 한두 가지가 아니었다.

"그라모 내 묵는다!"

순지가 숫기 좋게 빵싯빵싯 웃는다.


밤새 내린 눈이 소복소복 쌓인 거리에 캐럴이 울려 퍼지고 있다.

나에 살던 고향은

겨울의 회색 풍경을 거둬 낸 하얀 눈은 사람들의 마음을 더욱 설레고 바쁘게 만들었다.

딸랑딸랑 훗훗한 구세군 종소리 뒤로 성가대 아이들이 지휘자의 지시에 따라 찬송가 악보를 펼쳤다. 성탄 전야에 은은하게 울려 퍼지는 성가는 여느 때보다 더 장장하게 들렸다. 나무에는 빨강, 노랑, 초록 빛깔의 꼬마전구들이 일정하게 깜빡거리고 빛을 받은 유리창들은 반득반득 성탄절이 임박하고 있음을 알린다.

"우짜노. 벌써 떨린다."

성가대 합창을 마친 아이들과 성당으로 돌아가는 순지가 턱을 탁탁 까불며 호들갑을 떨었다.

"순지야! 니는 '꽥꽥! 저리로 가면 된다. 꽥꽥꽥!'만 하면 되면서. 내가 더 떨린다. 아~! 죽겠다. 으~~ 떨려."

경일이 숭숭 빠진 이를 부딪치는 시늉을 하며 촐랑댄다.

"아! 몰라, 몰라! 무대에 올라가면 아무것도 생각 안 날 것 같다."

"맞제? 나도 벌써 심장이 터질 것 같다. 우짜노?"

"야! 뭐가 그래 떨린다고 난리고! 나는 한 개도 안 떨린다. 한 개도!"

권영이 야단을 피우는 아이들 틈에서 의기양양 뱃심 좋게 큰소리를 한다.

"치! 니는 내보다 더 짧으니까 그렇지! '맞다! 꽥꽥!'만 하모 되니까."

'지나가는 오리2' 순지가 '지나가는 오리1'을 향해 쏘아붙였다.

"맞다! 꽥꽥!"

권영이 날갯짓을 하며 순지의 말을 가볍게 받아넘겼다.


작은 교회당 삼각지붕 꼭대기에 별 모양의 전구가 깜빡인다. 땅
거미가 내린 교회당 뜰에는 해맑은 아이들이 장식에 쓰고 남은 종
을 왱그랑거리며 뛰어논다. 성당 종탑에서 저녁 여섯 시를 알리는
삼종 소리가 은은하게 울려 퍼졌다.

강당으로 이어진 큰 방에서는 막바지 공연을 준비하느라 분주하
다. 진행을 맡은 아이들의 리허설이 끝나고 관객들의 입장이 시작
되자 대기실의 공기가 긴장감으로 워글워글 흔들렸다.

떨리는 손을 모아 기도하던 준휘는 권우가 짓는 특유의 온유한
표정에 팽팽하던 긴장이 조금 누그러졌다. 율동 공연이 시작되고 다
음 순서를 준비하라는 진행자의 나직한 부름에 아이들 이마는 삐적
삐적 땀방울이 맺혔다.


조명이 꺼지고 국민학교 5학년에 다니는 마리아의 해설로 '왕자
와 거지'의 막이 올랐다.

"옛날 어느 가을, 영국 왕실과 런던에서 두 사내아이가 태어났다.
같은 날 같은 얼굴로 태어난, 총명함까지도 쏙 빼닮은 두 아이, 그
러나 한 명은 왕세자로 태어났다는 이유로 극진한 보살핌과 백성들
의 축복을 받으며 자라고, 다른 한 명은 빈민굴에서 태어나 아버지
와 할머니의 구박을 받으며 구걸하여 생활을 이어 간다. 아무리 운
명이라지만 한날한시에 같은 모습으로 태어난 소년의 삶은 이토록

나에 살던 고향은

하늘과 땅 차이니 어찌 공정하다 하리오."

왕자로 분장한 수남이 무대에 오르고 대사를 시작했다. 처음 배역을 받았을 때 한글도 모르고 자신감도 없어 쪼물쪼물하던 수남은 끝내 끈질긴 연습으로 왕자의 역할을 멋있게 수행해 내고 있었다. 막이 오르고 관객들 앞에서 잠시 당황하던 모습은 온데간데없고 점차 생기를 찾아가는 수남은 격에 맞고 운치가 넘쳐 실제 왕실에서 태어난 것이 아닌가 하는 착각을 일으켰다.

정말 해설에서처럼 예쁘고 총명한 수남이 용마산 아래 가난한 집에서 태어났다는 이유로 아버지에게 매를 맞고 교육을 받지 못하며 바퀴벌레가 가득한 부엌에서 물에 말은 밥을 먹어야 하니 참으로 공정하지 않았다.

"다음, 오리들! 준비하세요!"

진행자의 말에 권영이와 순지가 서로의 얼굴을 마주 보고 눈을 크게 뜬다. 하나도 떨리지 않는다며 큰소리치던 권영이 훅훅 숨을 들이켜고 눈을 슴뻑거린다.

"아! 아야! 아프다."

잔뜩 긴장한 권영이 저도 모르게 순지의 손을 꽉 움켜잡았다.

"어! 어! 미안!"

권영이 더듬적대며 어찌할 바를 모른다.

"오리! 올라가세요!"

진행자의 지시가 떨어졌다.

"꽥꽥! 저리로 가면 된다. 꽥꽥꽥."

순지가 배에 힘을 주고 제법 또랑또랑한 목소리로 외친다.

"…."

무대에 올라간 권영은 온몸에 힘이 쭈욱 빠지는 것 같았다. 관객도 다른 배역을 맡은 아이들도 보이지 않았다. 순지가 권영의 팔을 잡아당겨 다음 대사를 유도하지만 권영은 얼이 빠진 듯 입을 벌리고 순지만 쳐다볼 뿐 아무 말도 하지 못했다.

"맞지? 꽥꽥."

순지가 재치 있게 권영의 대사를 대신했다. 온 얼굴에 땀을 버적버적 흘리며 얼굴을 실룩거리던 권영은 순지의 꼬집음에 겨우 "꽥꽥." 소리를 내었다. 그렇게 순지에게 끌려 겨우 무대를 내려온 권영은 한동안 순지 손을 놓지 않고 고맙다는 말만 계속했다.

"그대는 고통과 억울함에 대해 아는가? 나도 알고 백성들도 알지만, 그대는 아닐세."

연극이 한창 달아오르고 왕자의 대사가 이어졌다. 물론 왕자의 역할을 맡은 수남이 무대 위에서 내는 목소리지만 이제는 아이들 모두가 막 뒤에서 손을 모아 함께 대사를 외며 한마음으로 연극이 잘 끝나도록 기도했다.

아이들은 내 차례가 아니더라도 같이 긴장을 이어 가고 다음 무대에 오를 아이들의 준비를 돕느라 여념이 없었다. 지나가는 오리, 아이7, 북 치는 소년, 거지3이 아니라 모든 역할을 함께 해내고 있음을 아이들은 깨달았다.

"내가 왕이 되면 그 아이들한테 먹을 것과 잠자리만 마련해 주는

게 아니라, 책으로 가르침도 받게 해 줘야겠어. 정신과 마음이 굶주려 있으면, 아무리 배가 불러도 별로 도움이 되지 않거든."

연극이 끝날 때까지 아이들은 서로 꼭 잡은 손을 놓지 않았다. 드디어 연극이 끝나고 모두 무대 위에 오르자 사람들은 열렬한 환호와 박수를 보냈다. 단역부터 주인공까지 고루 공평하게.

아이들은 연극을 했지만 마치 나와 우리의 이야기가 무대 위에서 펼쳐진 느낌을 받았다. 어떤 일이 생겨 이루어지고 긴장이 넘치다 온화함이 채워지고 그 속에서 함께 웃고 울며 배려와 협동을 하는 모습이 현실을 옮겨 그려 놓은 것처럼.

커튼이 닫히고 모든 아이들이 무대를 내려갈 때까지 환호와 갈채가 끊이지 않았다. 아이들이 펼칠 앞으로의 눈부신 이야기들을 응원하는 것처럼.

# *10.*

## 설날

설날을 앞둔 일요일 온 동네 사람들이 목욕탕을 찾느라 이른 아침부터 높이 솟은 목욕탕 굴뚝엔 뿌연 연기가 몽개몽개 쉴 새 없이 오르고 있다. 준휘도 할머니와 아침밥을 먹자마자 서둘러 목욕탕에 왔다. 냉장고에서 우유를 집어 들고 돈을 계산하는 할머니 뒤에서 준휘가 벽에 붙은 안내문을 작은 소리로 읽어 본다.

"어린이 여러분들의 국민학교 졸업을 진심으로 축하드립니다. 여러분들은 이제부터 의젓한 중학생입니다. 따라서 목욕 요금도 일반 요금 950원을 내야 합니다.

어떤 어린이는 집에서 부모님으로부터 950원을 받아 가지고 와서는 국민학생이라고 속여 450원은 군것질하는데 이것은 아주 나쁜 일입니다. 우리 대한의 어린이는 거짓말을 하지 않고 올바르고 참되게 자라야 합니다. 1986년 1월 사단 법인 한국목욕업중앙회"

"몇 살인데 글을 이래 잘 읽습니꺼?"
준휘보다 덩치가 훨씬 커 보이는 남자아이의 손을 잡고 요금을

나에 살던 고향은

계산하기 위해 줄을 서 있는 여자가 묻는다.

"해 바뀌모 일곱 살 올라갑니더."

"야는 은자 학교 들어가는데 지 이름도 쓸 줄 모르고. 걱정입니더."

"다 그렇지예. 우리 이 아가 밸난기지 뭐."

말은 그렇게 해도 준휘 할머니는 입가에 떠오르는 미소를 감추지 못한다.


일찍 나선 걸음이지만 벌써 사물함이 모두 들어차 준휘와 할머니는 광주리에 옷을 벗어 담았다. 준휘 할머니는 이럴 줄 알고 목욕비와 우윳값 외엔 돈을 챙겨 오지 않길 잘했다며 광주리를 손이 타지 않게 옷장 위에 높이 올리며 말했다.

코앞이 보이지 않을 정도로 수증기가 가득 찬 탕 안은 머슴아이 계집아이 할 것 없이 모두 알몸으로 다닥다닥 붙어 앉았다. 도저히 틈이라고 보이지 않을 만큼 가득 찬 곳에 꾸역꾸역 쉴 새 없이 사람들이 들어오는데도 용케 자리를 하나씩 잡아 앉는다.

"야! 준휘 왔다."

"준휘야! 빨리 들어온나! 놀자!"

동네 아이들 절반이 때가 둥둥 떠다니는 탕 안에서 장난치고 놀고 있다. 경일과 영애도 냉탕에서 튀어나와 준휘에게 서두르라고 재촉이다.

"우유 뜨신 물에 담가 놔라!"

할머니의 말에 준휘가 삼각형 모양의 비닐 우유를 꺼내 공용으로 물을 받아 놓고 빙 둘러앉아 사용하는 온탕에 담근다. 머리를 틀어 고무줄로 야무지게 묶고 구석구석 비누칠을 꼼꼼하게 마친 준휘가 탕으로 들어가 발을 담근다. 고개를 들어 창문을 바라보니 수증기가 열린 문틈으로 날카롭게 찢어지듯 차가운 하늘로 흩어진다. 준휘는 발이 데워지자 물 안으로 몸을 넣어 살며시 앉았다. 따뜻한 기운이 얼었던 몸을 기분 좋게 녹인다.

목욕탕 문이 열리고 순지 엄마가 모습을 나타냈다. 모래주머니를 달고 무거운 몸을 끄는 것처럼 저벅저벅 옹그리고 걸어 들어오는데 작은 키가 더 줄어 보인다. 자세히 보니 눈 밑 광대와 몸 여기저기에 시푸르죽죽한 멍이 퍼져 있었다.

순지 엄마가 자리도 아닌 곳에 엉덩방아를 찧듯 뻔뻔스럽게 주질러앉자 옆의 사람이 인상을 쓰며 조금 자리를 비켜 내어 준다. 뒤를 이어 순녕이 동생 순지와 효지를 데리고 들어왔다.

올해 각각 열 살과 세 살인 순녕과 효지는 어릴 때부터 외가에서 자랐다. 순녕은 순지가 태어나고 곧바로, 효지는 세 살 터울 순지와 얼마간 같이 자라다 생계를 위해 순지 아빠 대신 생업에 뛰어든 순지 엄마의 부재로 외가에 보내졌다.

설날을 앞두고 오랜만에 집으로 온 효지는 첫날부터 술에 취한 아빠가 엄마에게 폭력을 휘두르는 것을 목격해야만 했고 눈딱부리에 묻어 있는 귀염성 있는 얼굴은 그날부터 울음 자국으로 허물렸다. 다행인지 불행인지 이런 일 따윈 예사롭게 여기는 순지는 엄마가 자리를 잡기도 전에 더께가 엉긴 몸에 물만 대충 끼얹고 탕 안으로 뛰어들었다.

발가숭이 몸이 서로 부끄러운 것도 잠시 아이들은 냉탕과 온탕을 번갈아 다니며 털퍼덕털퍼덕 물장난을 친다.

"야! 너거 이거 할 수 있나?"

권영이 코를 잡고 물속으로 들어가 숨을 꾸르륵 내쉬어 물나팔을 불었다.

"잠수해서 입으로 숨 쉬는 거 아이가? 나도 할 줄 안다."

순지가 풀어 헤친 머리를 물속에 처넣는다. 머리카락이 둥둥 떠다니는 통에 제대로 하는 것인지 잘 보이지 않는다.

"내 잘하제?"

물 밖으로 나온 순지가 걸떡걸떡 가쁜 숨을 몰아쉬며 말했다. 아이들이 모두 경일과 순지를 따라 해 본다.

"야! 이거 해 봐!"

이번엔 영애가 알샅을 드러낸 채 물뜨기를 한다. 아이들도 같이 눕는다. 신기하게도 가라앉지 않고 모두가 물 위에 동동 떠 있다.

"아잇! 차브라!"

목욕탕 천장에 송골송골 맺힌 물방울이 순지의 콧잔등에 떨어졌다. 순지가 일어나 퍼덕대며 다른 아이들 얼굴에 물을 끼얹자 곧바로 물싸움이 시작됐다.

"이 노무 손들이! 조용히 안 하나! 시끄르바 몬 살긋다. 참말로!"

파마를 만 채로 목욕탕에 온 할머니가 소쿠리처럼 큰 머리를 들고 소리쳤다. 아이들은 눈치를 보며 쭈뼛거리지만 그것도 잠시 다른 어느 할머니의 고함 소리와 아이들의 떠드는 소리가 쉴 새 없이 반복된다. 그렇게 아이들은 순서대로 묵은 때를 벗기느라 기진맥진한 엄마가 고함치듯 이름을 부를 때까지 좁은 목욕탕을 매끄당매끄당하며 정신없이 싸다닌다.

식구가 적은 준휘가 제일 먼저 때를 밀고 할머니가 비닐 우유의 가운데에 꽂아 준 빨대로 우유를 잡고 마셨다. 조금 남긴 우유로 얼굴과 몸에 마사지를 한 준휘가 아이들에게 인사하고 먼저 나간다.

엄마가 언니와 동생을 씻기느라 순번이 오지 않은 순지는 그때까지 탕 안에서 나오지 못하고 쪼글쪼글해진 손을 들어 흔든다. 모처럼 만에 가족 모두 목욕탕에 온 순지는 적잖이 잡아도 두어 시간은 더 있어야 철썩철썩 등짝을 맞아 가며 때를 벗길 수 있을 것이다. 어쨌든 오랜만에 땟물이 가신 순지의 얼굴은 부숭부숭 말갛게 피어 예뻤다.


세찬 바람에 싸락눈이 희끗희끗 날린다. 쐐 하고 휘몰아치는 바람이 부엌문을 후려쳐서 갈린 소리가 비명처럼 들린다. 준휘는 옆방에 세 들어 사는 한 양이라는 이모 부엌에서 곤로를 고치는 것을 구경하는 중이다. 곤로를 청소하고 심지를 새것으로 갈아 큰 가위로 고르게 잘라 내는 아저씨의 손은 막히거나 서투른 데가 없다. 할아버지가 일전에 말했듯 한 가지를 오랫동안 해 온 사람은 귀천 없이 모두 장인이라는데 곤로 아저씨는 과연 그러하다고 준휘는 생각했다.

"어! 석유가 얼마 없네."

"이모! 제가 사 올게요."

준휘 할머니가 명절에 먹으라고 탕국과 튀김을 담아 준 그릇을 챙겨 온 인경이 준휘와 함께 곤로 수리를 구경하는 중이었다.

"그럴래? 그럼 점방에 가서 석유 한 병 사면서 너거 호빵도 하나씩 사 먹고 온나."

"네!"

아이들이 발딱 일어서며 웃는다.


"준휘야! 언니야!"

설빔을 곱게 차려입은 영애와 장호가 점방 앞으로 연을 들고 달려온다.

"영애야! 너무 예쁘다!"

새하얀 블라우스에 꽃분홍 치마를 입고 빨간 구두까지 신은 영애를 보고 준휘가 말한다.

"우리 엄마가 설날이라고 사 줬다. 이쁘나?"

"응. 진짜 이쁘다. 너무 잘 어울린다."

"준휘 니는 맨날 이런 거 입고 댕기면서. 우리 연 날리러 갈 건데 같이 가자!"

"그래. 이거 갖다주고 연 가지고 나올게. 순지는?"

인경이 석유 됫병을 들어 보이며 말했다.

"몰라. 설날 때부터 계속 못 봤다."

"맞나? 그라모 우리가 연 가지고 오면서 수남이하고 경일이 데리고 올 테니까 너거가 권영이랑 권우랑 순지 데리고 나온나!"

인경이 호빵 두 개를 나누어 아이들 손에 쥐어 주며 말한다.

"응. 알겠다. 빨리 댕기온나!"

어느새 눈이 개고 바람이 솔솔 분다. 아이들은 추위도 모르고 용마산에 올라 연날리기를 하며 놀고 있다.

"순지야! 니는 왜 안 하노?"

얼레를 감아 연줄을 팽팽하게 만들며 경일이 말한다.

"나는 별로 안 하고 싶다."

순지가 부르터진 손잔등으로 퉁퉁 부은 눈을 비빈다.

설 전날까지 고된 일을 하고 돌아오는 길에 급하게 장을 봐 온 순지 엄마는 어깨판이 해진 옷을 갈아입지도 못한 채 설음식을 했다. 풍성하게 마련한 설음식이 제수에 쓰이고 며칠 동안 가족의 가찬이 되는 여느 집처럼은 아니더라도 옹색하게나마 밤늦게까지 몇 가지 튀김과 나물을 했다.

치근대는 아이들에게 쓸 근력이 남아 있지 않을 만큼 하루치의 힘을 다 쓴 순지 엄마는 술에 취해 늦게 귀가하는 남편을 기다리지 못하고 잠이 들었다. 비척걸음으로 마루에 걸터앉은 순지 아빠가 술상을 봐 오라고 고함을 쳤다. 반응이 없자 순지 아빠는 어칠비칠 일어나 방문을 발칵 열어젖히고 순지 엄마를 걷어찼다. 외마디 조

나에 살던 고향은

용한 비명과 함께 몸을 일으킨 순지 엄마는 순간 걷어차인 배의 통증보다 순지 아빠에게서 나는 술 냄새가 역겨워 견딜 수 없었다.

술상을 차리라고, 찬이 없다고, 술을 더 사 오라고 결혼한 다음 날부터 받아 온 술 주사에 내성이 생긴 순지 엄마였다. 그런 순지 엄마가 일순 다른 무엇도 아닌 술 냄새가 역겹다는 것에 스스로도 적잖이 당황하였다.

아무 말 없이 부석부석한 얼굴로 술동이에서 주전자에 술을 퍼담아 나물과 전으로 술상을 차려 온 순지 엄마는 두 무릎을 세우고 벽에 기대어 앉아 칠렁하게 술을 부어 연거푸 들이켜는 남편을 조용히 지켜보았다. 한 되나 되는 술을 다 비운 순지 아빠는 빈 주전자 꼭지를 몇 번 빨다가 그대로 꼬꾸라져 술거품에 뒤섞인 시뻘건 피를 토했다.

순지 엄마는 미동 없이 앉아 떨리는 남편의 입술을 지켜보았다. 물큰물큰한 술 냄새가 역겨웠다. 그리고 모든 것이 역겨워졌다. 텁텁한 눈을 몇 번 비비고 일어나 몇 가지 짐을 챙겨 집을 나간 순지 엄마는 그 후로 소식이 없었다.


"우리 연에 소원 적어서 날려 보낼래?"

인경이 순지에게 다가가 바람에 다팔거리는 머리카락을 걷어내며 말했다.

"나는 연이 없어서 못 한다."

코를 벌룽벌룽하는 순지의 표정이 금방이라도 울 듯하다.

"내 꺼에 같이 적자."

인경이 목소리만큼 다정하게 웃는다.

"소원 적어서 날려 보내면 진짜 이루어지나?"

순지가 부은 눈을 슴벅거리며 인경을 바라본다.

"응. 연이 멀리멀리 날아서 저 산을 넘어가면 하느님이 그걸 보고 들어준다더라."

"진짜가?"

순지가 찌국찌국 갈린 소리로 말했다.

"하모! 근데 소원을 적고 날릴 때 그만큼 간절한 마음을 담아야 이루어진다는데 해 볼래?"

"응. 언니야! 근데 나는 글자를 모르는데 우짜노?"

"언니가 대신 적어 줄게."

"그래도 되나?"

"당연하지!"

잠시 생각하던 순지가 훌쩍거리는 코를 헹 풀고 인경의 귀에다 대고 소곤거린다.

"엄마가 안 아프게 해 주세요!"

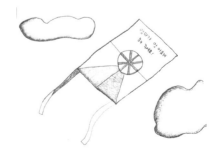

148

연이 하늘 높이 솟구친다. 아이들 모두가 인경에게 바짝 다가서 순지의 소원이 적힌 연을 초조하게 지켜본다. 바람이 불자 연을 더 높이 날리기 위해 인경이 연줄을 풀었다. 다시 한번 강풍이 태질을 하며 하늘로 연을 팽팽하게 끌어 올린다. 인경이 순지를 바라보고 씽긋 웃고는 줄을 끊었다. 연이 너풀거리며 산을 넘어가자 아이들 모두 박수 치며 환호했다. 순지도 긴장하고 있던 얼굴을 풀고 어글어글하게 웃는다.

아이들이 서로의 손을 이어 잡고 산을 내려온다. 꽁꽁 언 손이 서로의 체온으로 서서히 데워진다. 소리 없이 시린 가슴을 맞대어 시련을 견디어 내듯. 어린나무들은 모진 겨울을 이겨 내고 마침내 기지개를 켜는 봄이 오는 날에 햇살을 향해 가지마다 순한 햇순을 돋아 낼 것이다.

# 11.

## 돼지 할매

"고시레! 고시레!"

이파리를 모두 떠나보낸 모과나무 둥치에 앉은 새들 아래로 돼지 할매가 묵은쌀을 한 됫박 뿌려 준다.

"새치름하게 흐린 기 꼭 눈이 올 폼새다."

하늘을 올려다보며 평상에 앉는다.

"가만 있으 보자. 내가 뭐 할라 했드노!"

요즘 부쩍 하려던 일들이 자꾸 기억의 저편으로 넘어간다. 돼지 할매는 머릿속을 헤집어 보려는 듯 뒤통수를 통통 두드린다.

"성님! 와 그라고 앉았능교?"

반갑게 웃는 얼굴이 새리새리하다. 다시 덧포개어 얼굴을 떠올려 보려는데 종내 희미하다.

"안죽 아무도 안 왔는가베. 석이네가 가게 때매 쪼매 늦는다고 찹쌀가루 빻아 놓은 거 먼저 가지가라 캐서. 성님! 팥 오데 있는교? 잘 불가졌나 보입시더."

돼지 할매는 입을 달싹거리며 자야 할매를 말갛게 쳐다볼 뿐 대꾸가 없다.

"성님! 와 그라능교?"

'내가 이 사람을 알았던가!'

엷디엷은 기억 끝에서 이름이 튀어나온다.

"자야!"

"야! 성님."

"내가 이상하다."

"와예?"

세세한 것까지 챙길 만큼 뒷정신이 좋은 돼지 할매가 요즘 분별이 흐리다는 소문이 참말인가 보다.

"내가 뭐 할라고 했드노?"

맥락 없는 말을 한다.

"성님! 오늘 팥죽 끼리기로 했다 아입니꺼!"

자야 할매가 걱정스런 안색으로 말한다.

"아! 맞다. 팥! 내 정신 좀 봐라. 팥 불리 놓는다는 기."

어제 점심때 모여 앉아 팥죽을 쑤어 나누기로 한 일이 되살아났다. 모이는 시간에 맞추려면 아침에 일어나 팥을 불려야 했었다.

"우짜믄 좋노. 내 정신이 와 이렇노!"

"괘안심더. 그랄 수도 있지예. 내일 하입시더."

"은냐. 은냐. 내일은 꼭 안 잊아뿌리꾸마."

돼지 할매가 굳게 장담한다. 하지만 다음 날에도 그다음 날에도 팥은 솥에 오르지 못했다.

"엄마! 엄마!"

잠에서 깨어난 수남이 쩌르렁거리도록 소리를 지르며 방문을 벌컥 열어젖힌다.

"아이고! 깜짝이야!"

부엌에서 된장국에 간을 맞추던 수남 엄마가 뒤를 돌아봤다.

"엄마!"

수남이 맨발로 부엌에 내려가 엄마를 끌어안는다.

"엄마가 어디로 가 버린 줄 알았다."

"아이구! 내 새끼야. 엄마가 미안하다. 잘못했다."

수남 엄마가 간을 보던 숟가락을 내려놓고 돌아서 수남의 머리를 끌어안으며 귀뿌리에 대고 말했다. 2년 전 개나리가 발록발록 하던 이른 봄, 집을 나설 때 뿌리쳤던 어린 얼굴이 제법 소녀의 모습을 갖춰 가고 있었지만 올려다보는 도렷한 눈동자는 여전히 말그스름하여 가슴을 찌르르 울렸다.


지난가을 장모의 제사에 옷을 차려입고 남편이 나타났다. 같이 살 때는 제사 침례 한번 제대로 하지 않을 만큼 존재도 않고 지내던 놈이 무슨 볼일이냐고 묻는 대신 친정아버지는 옆에 있는 담뱃갑을 조용히 집어 들었다.

일본에 취직이 되어 6개월만 다녀온다던 친정오빠는 몇 해 동안 연락이 없었다. 들리는 소문이 아니더라도 어디 부둣가에서 막일이나 하며 거기서도 별 볼 일 없이 지낼 것이 뻔했다.

남편은 형님을 대신해 자신의 어머니를 대하듯 정성껏 제사를 모셨다. 그 후로 달 품삯을 받을 때마다 장인댁에 찾아와 봉투를 내려놓고 슬며시 장인의 신상을 염려하는 소리를 했다. 그때마다 장인은 수남 엄마더러 더운밥과 뜨스한 방을 내주게 했다. 며칠 전 장인은 수남 아빠에게,

"정신 차렸으모 됐지 쌔통 빠지게 찾아오지 말고 그만 데리고 가라."

하고 배가 조금씩 불러 오기 시작한 수남 엄마를 꺼시시 일어선 눈썹 아래로 눈을 뛰룩이며 말했다.


"어! 엄마! 국 넘친다."

냄비에서 된장찌개가 끓어오른다. 수남 엄마는 숟가락으로 고루 저어 짜글대는 찌개를 한 숟갈 떠서 수남에게 간을 보인다.

"어떤데? 맛있나?"

"우와~! 엄마! 쓰러지겠다."

"가서 아빠하고 언니 깨워라. 밥 묵자!"

하고 땟국 얼룩이 벗겨진 수남의 얼굴을 고이 쓰다듬으며 말했다.

"아빠! 언니야! 어서 일어나라. 밥 다 됐다!"

샘터같이 환한 얼굴로 수남이 소리친다.

"우와~! 엄마! 진짜! 너무 맛있다."

보리를 조금 넣고 고슬고슬하게 지은 밥에 된장국과 배추를 툭툭 분질러 넣은 겉절이, 김, 갈치까지 올라온 상을 보며 수남이 연신

감탄한다. 수남이 숟가락에 밥을 듬뿍하게 뜨자 수남 엄마가 젓가락으로 해작거려 발라낸 갈치를 얹어 준다.

"수남아! 천천히 먹어라."

수남 아빠가 빙긋이 웃는다.

"그리고,"

얼른 말하지 않고 잠시 뜸을 들인다.

"오늘 아빠 봉급날이다."

선창 냉동 창고에서 하역일을 하는 작은 회사에 취직한 수남 아빠는 술도 끊고 가족을 위해 거듭 태어난 삶을 살고 있다.

"진짜? 벌써 한 달이 지났나? 엊그제께 아빠 회사 들어간 거 같은데."

현남이 국물을 후룩거리며 마시다 눈을 둥그렇게 뜨고 말했다.

"오늘 퇴근길에 아빠가 통닭 사 오께."

"통닭?"

현남과 수남이 동시에 외친다.

"진짜? 진짜가? 아빠!"

"진짜 우리 오늘 저녁에 통닭 먹어 보나?"

"그래."

"진짜제? 진짜제? 아빠!"

"응. 오늘뿐만이 아니라 아빠 봉급 타는 날마다 통닭 사 줄꾸마."

"우와! 언니야! 이거 꿈 아니제?"

수남이 현남의 궁둥이를 툭툭 찔렀다.

"아! 아야! 꿈 아닌갑다."

현남이 쌩글 웃으며 수남의 볼을 꼬집는다.

"그라고,"

수남 아빠가 목청을 가다듬으며 헛기침을 하고선 정돈된 목소리로 다시 말한다.

"수남이도 올개는 유치원 다니자."

수남의 눈이 마치 혼겁을 먹은 아이마냥 퉁방울처럼 휘둥그레졌다.

"언니야! 내 아무래도 꿈인 것 같다. 내, 내, 내 볼 좀 다시 꼬잡아 봐라."

"아이다. 니 말이 맞는 것 같다. 아무래도 꿈이지 싶다."

너무 한꺼번에 돌연히 일어나는 일들로 어안이 벙벙해져 서로 쳐다보기에 바빴다. 그리고 조금씩 얼굴에 행복의 웃음발이 차올랐다.

방 안에 화기가 그득 배어 있다. 내리막 비탈길에 다닥다닥 붙어 있는 화장실 옆 셋방에서 새어 나오는 불빛이 별처럼 총총 빛나고 있다.


"가만있자. 요가 오데고?"

돼지 할매는 길고 몽몽한 꿈속을 헤매고 있는 것 같은 착각이 들었다.

"이 어지러븐 꿈을 도대체 누가 맹글었는가."

어디서 넘어졌는지 얼굴과 손은 상처투성이고 홑겹의 옷은 찢어져 빗줄기가 살을 에는 듯이 파고든다. 이러고 얼마나 방향 없이 돌아다녔는지 손끝과 발끝은 감각이 떨어져 나간 듯싶었고 눈보라가 섞인 된바람은 온몸을 갈겨 쳐 마비시켰다.

"어르신! 괜찮으십니꺼?"

돼지 할매가 꿈길을 헤매는 듯한 눈으로 멍하니 바라본다.

"어르신! 집이 어뎁니꺼?"

"무… 물! 물 좀 주이소!"

돼지 할매가 까닭 없이 웃으며 말한다.

"물예?"

"야! 내 목이 자꾸 말라서. 허허."

"어르신. 일단 이것 좀 잡아 보이소."

청년이 우산을 돼지 할매에게 쥐어 주고 자신의 점퍼를 벗어 감싼다.

"아이고. 총각! 고맙구로. 내가 두부 사러 나왔다가."

"두부 사러 언제 나왔습니꺼? 요는 시장도 아이지만 지금 시장도 다 닫았습니더."

돼지 할매가 흐리멍덩히 좌우를 살핀다.

"언제?"

길을 잃고 헤매는 중에 날이 저문 모양이다.

"어르신! 집이 어뎁니꺼?"

청년이 재차 묻는다.

"집?"

돼지 할매가 조급하게 잘쏙잘쏙하는 다리로 집을 찾는 듯 걸음을

나에 살던 고향은

옮긴다.

"어르신. 안 되겠습니더. 저 따라오이소."

우산을 받치고 뒤를 따르던 청년이 돼지 할매를 데리고 파출소로 향한다.


내리던 비가 거센 바람에 불려 완전히 눈으로 바뀌었다. 골목 밖에선 벼르고 있던 눈보라가 울부짖는 듯 구렁목을 휩쓸고 지난다. 파출소 유리창은 틈새로 들어오는 눈바람에 으르렁거렸고 바깥은 눈발이 더께로 엉겨 붙기 시작했다.

"할매! 내 누군지 알아보곳소?"

야간 당직을 서고 있는 최 순경이 돼지 할매를 애타게 쳐다보며 말한다.

"물, 물 좀 더 주이소."

따뜻한 물을 벌써 세 잔째 마셨지만 발발거리는 몸은 진정이 되지 않는다. 몸의 온기는 남김없이 빠져나갔는데 자꾸만 모래사막을 헤집고 다닌 것처럼 갈증이 느껴졌다.

"할매! 물 잡숫고 이것도 좀 드시 보이소."

최 순경이 하얀 수증기가 피어오르는 난로 위 주전자에서 물을 한잔 더 따라 차가운 물로 온도를 식히고 출근할 때 아내가 챙겨 준 팥빵과 함께 내민다.

"아이고! 고맙소!"

몰큰몰큰한 팥의 단맛에 갑자기 허기를 느낀 돼지 할매가 흰 콧김을 내뿜으며 단숨에 빵을 먹어 치웠다.

"할매!"

안타까운 눈으로 돼지 할매를 바라보던 최 순경이 무슨 말을 할 듯 할 듯 하다가 한숨을 쉰다.

"천천히 드이소."

"야! 고맙소."

최 순경이 난로에 등유를 집어넣었다. 잠시 침묵하던 난로는 활활 타오르는 불소리와 함께 파란 불꽃을 내쏘았다. 거센 눈발은 자정이 가까워도 그칠 줄 몰랐다. 외벽을 할퀴는 추위에 난롯불을 키워도 스며드는 바람으로 실내가 썰렁했다.

최 순경은 의자에 앉은 채로 벽에 기대 까닥까닥 졸고 있는 돼지 할매를 바라보았다. 두 시간 전인 그러니까 열 시 무렵 아직 남편이 귀가하지 않았다며 거칠게 전화를 끊어 버린 고모할머니의 며느리는 그 후로 남편을 보내지도 연락을 받지도 않았다. 눈보라를 뚫고 집을 찾아가 봐야 인기척을 내지 않으리라. 그렇다고 연탄불이 꺼져 버렸을 산 아래 집에 고모할머니를 덩그러니 홀로 두고 올 수도 없는 노릇이다. 하는 수 없이 오늘 밤은 여기서 함께 지내고 퇴근길에 모셔다드리는 것이 좋겠다. 그리고 아재를 만나 봐야겠다고 생각하며 최 순경은 담요를 끌어올려 돼지 할매를 덮어 주었다.

경로당과 함께 쓰는 좁은 유치원 앞마당에는 입학식을 2주 남겨 두고 가방과 원복을 받으러 온 예비 유치원생들과 보호자들로 발

나에 살던 고향은

디딜 틈이 없다.

"어린이 친구들은 여기 앞으로 모이고 부모님들은 뒤쪽으로 가 주세요."

선생님의 지시에 따라 올레졸레 늘어선 아이들의 모습이 깎아 놓은 밤톨처럼 예쁘다.

"어린이 친구들! 반가워요. 입학식 날 정식으로 인사하겠지만 저는 여기 유치원과 경로당을 관리하는 원장 선생님이에요. 우리 친구들 오늘 유치원 와 보니까 어때요?"

잔뜩 상기된 얼굴의 아이들이 서로 눈치만 살핀다.

"대답을 크고 씩씩하게 하면 가방과 함께 여기 사탕 목걸이도 나누어 주겠어요. 어때요? 유치원 생활이 기대되나요?"

"네!"

원장 선생님의 말이 떨어지기 무섭게 아이들이 쩌렁쩌렁한 목소리로 대답했다.

"아주 잘했어요."

원장 선생님이 흐뭇한 미소를 지으며 말을 이어 간다.

"선생님이 호명을 하면 손을 들어 대답하고 부모님과 함께 앞으로 나와서 가방과 원복을 받아 가면 됩니다. 알겠지요?"

"네!"

똘방똘방한 눈망울로 아이들은 이름이 호명되길 기다린다. 부끄럼이 많아 겨우 입만 딸싹이는 아이부터 개구쟁이 신고식을 하듯 우당탕탕 달려나가다 넘어지는 아이까지 모두 티끌 없이 천진스럽다.

"조수남!"

"네."

속으로 수십 번의 예행연습을 했건만 수남의 목소리가 긴장한 탓에 꺽쉬어 갈라져 나왔다. 엄마 손을 잡고 걸어 나오는 수남은 표창장이라도 받는 것처럼 벅차 가슴이 뻐근해졌다. 유치원 가방과 원복을 받아든 수남의 얼굴에 미소 어린 희망이 넘쳐났다.

게으름을 부리던 겨울 해가 회색 구름을 밀어내고 마당 가득 밝은 햇살을 들이비췄다. 맑은 공기 속에도, 따사한 햇발 사이에도 봄이 살짝 끼었다. 아이들은 돌멩이와 풀을 모아 볕바른 마당에서 아무렇게나 팔싹팔싹 주저앉아 소꿉놀이를 한다. 겨울 햇살이 맑게 내리쬐는 마당에 펼쳐 놓은 살림살이들이 앙증스럽다.

"수남아! 그냥 가서 옷 갈아입고 온나!"

영애가 골살을 찌푸리며 짜증스러운 목소리로 말했다. 어제 받아 온 유치원복을 입고 나타난 수남은 혹시나 옷을 버릴까 앉지도 서지도 못하고 엉거주춤 몸을 반쯤 굽힌 자세다.

"그래. 아직 유치원 가지도 않는데 뭐 하러 입고 와서 그라는데?"

순지도 수남을 위아래로 째려보며 퉁명스럽게 쏘아붙인다. 하얀 목 폴라에 주름 잡힌 멜빵 치마를 보니 자꾸 염통이 비뚜로 앉으려 한다.

"왜? 내 맘이다. 이제 유치원생이니까 입는데 뭐?"

아이들의 시샘에 아랑곳없이 손가락으로 치마의 주름을 잔다랗

**나에 살던 고향은**

게 바로잡아 가며 대꾸한다.

"수남아! 원복 진짜 잘 어울리니까 위에 뭐라도 하나 입어라. 그러다 감기 걸리겠다."

인경이 물에 흙을 풀어 흐려진 물을 찻잔에 따르며 말했다. 아닌 게 아니라 수남의 얼굴은 새파랗게 질려있고 목소리도 덜덜 떨려나온다.

"그라모 그랄까?"

"그래. 감기 걸리모 유치원도 못 간다."

"알겠다. 옷 갈아입고 올게."

뛰어나가다 말고 돌아선 수남이 인경을 잠시 동안 바라보고 섰다가 묻는다.

"언니야! 내 진짜 원복 잘 어울리나?"

"그래! 진짜 예쁘다."

수남의 표정이 눈부시게 밝았다.


"성님! 치븐데 와 그 방에 앉아 있능교?"

준휘 할머니가 툇마루에 올라 반쯤 열린 문을 밀며 근심스럽게 묻는다.

"으. 응."

돌아오는 대답이 서먹서먹하고 눈에는 윤기가 없다. 너무나 많은 것을 보고 담아 온, 오랜 세월 온갖 사연들이 침전해서 그처럼 흐린지도 모를 일이다.

"성님, 와 멀쩡한 방 놔두고 요게 요리 앉았나 말입니더."

여러 켜로 쌓여 있는 이불이며 멍석, 못쓰게 된 살림들이 아무렇게나 있는, 오랫동안 군불이 들어가지 않아 냉하고 습한 작은 방에서 도대체 얼마나 있었을까.

"자야!"

"성님! 내가 와 자얍니꺼?"

라고 묻다가 준휘 할머니가 단념하고 다시 말한다.

"와예? 성님!"

"자야! 배고프다."

집 뒤 툇마루로 이어지는 작은 문에 뚫린 조그만 구멍에서 무지개 같은 빛줄기가 돼지 할매의 얼굴을 가른다.

"점슴시간이 한참 지났는데 안죽 식사 안 했능교?"

돼지 할매가 벽에 기댄 몸을 바로 세워 입을 뻥긋거리려는 찰나 몸집이 작달막한 남이네가 문을 벌컥 열어젖힌다.

"내 몬 산다. 변소 간다고 나가드만 요 요래 있네! 아지매, 오싰습니꺼."

"어. 남이네 와 있었네. 언제 왔노?"

"아침부터 와가 이라고 있다 아입니꺼."

"고생이 많제? 그래도 우짜긋노. 다 한번은 겪어야 될 일 아이긋나?"

남이네는 대꾸 없이 볼이 오동오동 부어 새침하니 앉았다.

"이거 동치미 좀 해 왔는데 어무이 식사 챙기 드리라. 점슴을 적게 잡샀는지 배고프다 하신다."

"점슴을 뭐 적게 먹어예. 한 대박을 잡사 놓고!"

남이네가 눈을 도사리며 말한다.

"그래도 노인네들은 돌아서면 배고프다. 성님 동치미 좋아하시니까 국수 쪼매 말아 주든지."

"어무이! 요 이라고 있지 말고 방에 건너가이소! 누가 보면 내쫓은 줄 알굿다. 참말로!"

라며 고맙다 말 한마디 없이 동치미 통만 쌩하니 챙겨 나간다.

"쯧쯧! 말하는 뽄새 봐라!"

준휘 할머니가 입속말로 낮게 중얼거린다.

"동치미?"

"야! 성님. 밖에 내놨다가 시원하게 잡솨 보이소."

동치미 소리와 함께 까부라져 들어가던 돼지 할매의 눈빛에 생기가 돈다. 겨울이면 내내 돼지 할매 집에 모여 녹두전을 부치고 동치미 국수를 말아먹곤 했었다. 돼지 할매는 동치미 국수를 먹을 때마다 체중이 내려가는 것 같다며 특히나 좋아했다.

오늘 준휘 할머니가 가져온 동치미는 하지만 저녁상에도 다음날 아침상에도 오르지 못했고 돼지 할매의 동치미에 대한 기억조차 무의식 속으로 침하했다.

163

# 12.

## 동백꽃

"그래도 만날 해 뜨모 올라와서 쩡일 할매 거다는 거 보니께 기특다."

"참 내. 모르는 소리 한다. 그 예펜네가 다 꿍꿍이가 있응께 그라지. 오데 그냥 그랄 사람가?"

반나절의 일을 마친 사람들이 약속이라도 한 것처럼 언제나 향하던 돼지 할매 집 늙은 모과나무 대신 앵이 할매 집 마당에 송송히 모여 앉았다.

"땅 팔리긋다."

마루 끝에 쪼그리고 앉은 앵이 할매가 그렇게만 말을 툭 내놓고 꽁다리만 남은 담배를 착살맞게 빤다.

"땅? 무슨 땅예?"

석이네가 묻는다. 모두가 어리둥절한 얼굴이다.

"어지께, 저녁나절에 집에 가는가 싶더만 낯선 사람들을 델꼬 온다 아이가."

"누가예?"

"돼지 메느리가."

앵이 할매가 부지깽이로 아궁이 땅바닥을 쑤시면서 석이네 물음에 대답한다.

"그래 이곳저곳을 열어 보고 둘러보고 댕기드만 우리 집에 와서 '할매, 땅 팔렸으니까 인자부터 요기다 농사짓지 마이소.' 하고 와 내가 돼지 땅 부치 묵는 거를 갤키면서 앙칼스럽게 쏘아붙이고 가드라."

바람에 대문이 삐각댄다.

"그라모 돼지 행님은?"

자야 할매가 손자 현솔을 고쳐 업으며 말했다.

"저거가 모시고 가긋지. 뭐. 정신없는 노친네를 우얄끼고."

준휘 할머니가 고구마를 조금 떼서 현솔의 입에 넣어 준다. 현솔이 앙글앙글 웃는다.

"그랑께 하는 말이다. 정신이 없으니께. 오데다 갖다 버릴랑가 아나?"

모두가 앵이 할매를 바라본다. 앵이 할매는 시선을 엇비끼면서 다시 담배 한 개비를 붙여 문다. 마당 안은 물을 끼얹은 듯 조용하다.


마당에 핀 동백이 윤기 나는 초록 잎 사이로 제법 예쁘게 망울을 터뜨렸다. 수남은 조금도 시들지 않고 송이째 떨어지는 동백이 신기했다. 마당에 쪼그리고 앉아 뚝뚝 떨어지는 핏빛 꽃들을 바라보는 수남의 옆에 수남 아빠가 나란히 쪼그리고 앉는다.

"우리 딸, 뭐 하노?"

"옴마야! 깜짝이야!"

놀란 수남이 소리를 질렀다.

"아이고! 내가 더 놀랬다."

수남 아빠가 어깨를 옴씰대며 놀란 시늉을 한다.

"아빠! 왔다고 말을 해야지! 깜짝 놀랐다 아이가."

"참 내, 그래서 아빠가 다정하게 '우리 딸, 뭐 하노?' 했다 아이가?"

"아! 몰라! 내 간 떨어질 뻔했다."

"알았다, 알았다. 미안하다."

"뭐, 미안할 것까진 없고!"

수남이 얄상스럽게 대꾸하지만 사실 아빠와 나란히 앉아 이런 대화를 주고받는 것이 믿기지 않을 만큼 행복했다. 불과 얼마 전까지만 해도 술에 취한 아빠를 피해 다니는 데 급급했지 이런 두덜거림은 꿈도 꾸지 못했으니까.

"수남아! 저기 봐라!"

수남 아빠가 나무를 가리키며 눈짓을 했다.

"어! 새다! 아빠! 근데 몸이 초록색, 아니, 노란 초록색이다."

"신기하제?"

"응. 저런 새는 처음 본다."

"어릴 때도 많이 봤을 낀데 그때는 아빠가…."

수남 아빠가 말을 잇지 못하고 머무적거린다.

"아빠! 근데 저 새, 목에 황금색 목걸이를 한 거 같다. 부자 새네!"

수남이 객쩍은 말을 돌리려는 듯 헤프게 껄껄거린다.

나에 살던 고향은

"맞네! 진짜 부잔갑다!"

수남 아빠가 수남의 머리를 쓰다듬으며 웃는다.

"근데 저 새 이름이 뭐야?"

"동박새. 동백꽃에 있는 꿀을 빨아 먹고 살거든. 그래서 동백꽃은 꿀주머니에 꿀이 많이 들어 있다 아이가. 동박새 먹으라고."

"우와! 신기하다. 동백꽃도 동박새도 너무 이쁘다."

"아빠가 동백꽃으로 동박새처럼 목걸이 만들어 줄까?"

"응! 아빠! 만들어 줘! 응? 응?"

황금빛 목걸이를 두른 동박새가 수남의 목소리에 맞춰 피리 소리처럼 아름답게 노래한다.


"아직 멀었나?"

"아직! 아직! 아직 눈 뜨모 안 된다!"

"알았다. 얼른 해라."

수남이 손꼽아 기다리던 유치원 입학식이 내일이다. 수남은 원복과 모자, 가방과 도시락까지 모두 갖추어 보느라 한껏 들떴다.

"이제 됐다! 눈 떠 봐! 짠!"

"우와! 우리 새마을유치원 꽃잎반 조수남! 이야! 이야!"

수남 아빠가 뒷말을 단숨에 끝맺지 못한다.

"수남아! 너무 멋지고 예쁘다."

산달이 가까워진 수남 엄마가 왕산만 한 배를 들어 자세를 고쳐 앉는다.

"응. 진짜 예쁘다."

학교 가는 날이면 교문 앞까지 쫓아와 한참을 운동장에서 혼자 서성이다가 맥없이 터벅터벅 돌아가던 수남이 늘 가여웠던 현남은 가슴이 먹먹했다.

"내일부터 나는 진짜 유치원생이다! 이얏!"

"내일 아빠 퇴근하고 와서 저녁에 모두 같이 짜장면 먹으러 가자!"

"진짜? 진짜? 오 예! 신난다!"

수남이 까불까불 춤을 추며 개방정을 떤다.

"아빠! 그럼 우리가 아빠 마칠 때 회사 앞으로 갈까?"

"뭐 하러? 아빠가 마치고 오면 되지."

"아니, 그럼 너무 늦다. 빨리 가고 싶단 말이야."

"그럼 우리 어디서 만날까?"

"응! 좋아. 저번에 아빠 통닭 사 올 때 내가 기다리고 있던 부잣집 있잖아? 큰 대문이랑 삼각형 창문 있는 집. 거기서 만나자. 그럼 왠지 그런 부잣집에 살면서 외식 나가는 기분도 들고."

"그래. 그라자. 뭐 이다음에 돈 많이 모아서 그 집을 아빠가 사 버릴까?"

천장까지 머리가 닿을 듯 방방 뛰며 촐랑대는 수남의 모습에 모두가 함박웃음이다.

"남이 아부지! 전화 왔네. 창고라 카는가 뭐라 카는가 내사 귀가 어두바서."

주인집 할머니가 창문에 대고 소리쳤다.

"내 잠깐 창고에 가 봐야긋다."

전화를 받고 돌아온 수남 아빠가 양말을 꺼내 신으며 말했다.

"오늘 비번인데 와예?"

점심을 차리려던 수남 엄마가 묻는다.

"냉동 창고 하나가 고장이 나서 안에 있는 거를 옮기야 된단다."

"오늘 출근한 사람들 있다 아입니꺼?"

"손이 모자란 모양이지. 나오라 하는데."

"밥은예?"

"내가 난주 알아서 묵을게."


한 뼘쯤 남아 있던 서편의 햇발이 뿔뿔이 흩어져 버리고 차가운 초승달이 동백나무 위에 몽롱하게 흘러 있다. 어스름이 내려앉은 산의 만색은 삭연하기 그지없다.

"와 이리 안 오노!"

밤을 서두는 찬바람 때문에 푸르죽죽하게 변한 살갗을 비비며 수남 엄마가 골목 앞을 서성인다.

"이상하다. 올 때가 됐는데."

고개를 힘껏 빼서 살펴보지만 멀리서 도둑고양이 한 마리가 벽을 갉작거리며 쳐다볼 뿐 골목은 잠든 것처럼 고요하다.

"엄마! 아빠 아직 안 오나?"

현남이 삐거걱 소리를 내는 나무 대문을 붙잡고 섰다.

"배고프제?"

"응? …으응."

금세 달라붙어 스스럼없이 말을 받고 대답하는 수남과 달리 현남은 엄마에게 아직 수월하지 못했다.

"안 되겠다. 먼저 밥 먹고 있자."

"수남아! 밥 먹자."

"아빠는?"

벽에 걸어 둔 원복을 만지작거리던 손을 놓고 수남이 밥상에 다가와 앉는다.

"아빠 오늘 좀 늦으시는 모양이다. 먼저 먹자."

재차 데워지는 바람에 퍼져 뭉그러진 갈칫국 속 늙은 호박을 막 한술 뜨려는데 주인집에서 부르는 소리가 난다.

"남아! 남아! 빨리 전화 받아 봐라!"

"와예? 누군데예?"

"몰라, 수남 아빠 회사 사람이라 카드나 급하다고 빨리 찾는다."

수남 엄마가 부른 배를 안고 마당을 서둘러 갔다.

"여보세요?"

처음 이 한 마디를 끝으로 상대방이 하는 말에 어떤 대꾸도 없이 수화기를 내려놓은 수남 엄마의 파리한 안색을 살피며 주인집 할머니가 묻는다.

"와? 와 그라노?"

"고려 병원으로 오랍니더."

"와? 누가 아프나?"

"죽었다쿠네예."

"응? 누가?"

"남이 아부지가 죽었다쿠네."

그 순간 눈물처럼 후드득 떨어진 동백꽃들이 선혈을 뿌린 듯 처연히 땅바닥에 엎드렸다.

# 13.

## 늙은 모과나무

만물이 얼음 속에 가라앉는 기나긴 삼동이 물러나 처처에 살구꽃이 피고 지고 배꽃이 싸라기눈처럼 피어나는 봄이다. 고목은 아름드리 모과나무도 덩달아 줄기를 기운차게 뻗어 가며 봄 앓이를 한다. 해토되기만을 기다린 촉촉한 봄의 흙에서는 물기가 오른 연초록 새싹들이 볼쏙볼쏙 고개를 내밀고 산빛도 물빛도 서로 봄소식을 전하기 바쁘다.

"고시레! 고시레! 할매 있을 때 마이 무라. 언제 또 만나긋노. 고시레! 고시레!"

조용한 새벽 모이를 잔뜩 먹은 닭들이 둥싯둥싯 구구거리며 마당을 돌아다닌다. 아들 집에 들어가 살자는 말과 함께 돌아온 정신이 며칠째 맑다. 아침부터 분주하게 움직여야 며느리가 오는 시간에 맞춰 채비를 끝낼 수 있으리라. 돼지 할매는 뒷마당 사과나무 초리한 끝에 둥지를 튼 까치들에게도 묵은쌀을 한 됫박 뿌려 주고 부엌으로 간다.

오밀조밀 늘어선 항아리에서 알맞은 젓갈을 정확히 찾아내 곰삭은 젓국을 부어 비름나물을 무치고 새끼손가락으로 두부 양념장을 찍어 간을 본다. 갖가지 찬을 각각 거기에 알맞은 기명에다 말쑥하게 담아낸 돼지 할매는 밖으로 나가 앵이 할매를 부른다.

"성님! 아침 잡수러 오이소."

정신이 흐려지기 전에 종종 아침을 함께 먹던 때가 생각나 어쩌면 마지막이 될지도 모를 상을 정성껏 차렸다. 하얗게 핀 사과나무 꽃 사이로 앵이 할매가 얼굴을 내밀고 아랫집을 향해 알았다는 손짓을 한다.


"채린다고 욕봤긋네."

이가 없는 앵이 할매가 무나물을 숟가락으로 퍼먹는다.

"무가 바람이 들어서. 그래도 이래저래 베 내고 했는데 잡살 만하요?"

"하! 돼지 솜씨가 오데 가나."

앵이 할매가 천천히 호물거리며 말한다.

"서분해가…."

돼지 할매가 말을 잇지 못한다.

"아들 잩에 가 살모 좋지 뭐."

의지할 곳이 없어지고 무엇을 잃는 것 같이 서운한 마음이 들지만 앵이 할매는 내색하지 않는다.

"정신 맑은 날에는 살살 올라와서 새 모이도 퍼 주고 할라고예."

집이 팔린 것을 모른 모양이다. 앵이 할매는 비름나물을 입에 넣고 옴칠옴칠 양 볼을 한참 동안 호물댄다.

"야! 니 귀머거리가? 너거 집이냐고 묻는다 아이가!"

뒷동네 소문난 곤이 패거리들이다. 기껏해야 고무줄 끊어 먹기와 같은 뻔한 장난을 하는 이 동네 아이들과는 성질이 다르다. 막대기로 잠자던 개를 건드려 목줄이 묶인 곳이 헤어질 때까지 괴롭히다 시들해지자 산을 넘어와 놀이를 겸한 먹잇감 찾기에 나선 것이다.

"야! 벙어리가 아니면 말을 해 봐라. 응?"

곤이가 수남의 눈에 고무줄을 튀기며 시비를 건다. 수남은 멍한 눈으로 곤이를 잠시 바라보다 의욕을 체념시키려는 듯 눈을 지그시 감았다.

"야! 이 빙시 같은 게! 니 지금 내 무시하나?"

곤이가 수남의 어깨를 발로 찬다. 수남은 앉은 자세로 몸을 두어 번 배칠거리다 뒤로 꼬꾸라졌다. 아빠도 이렇게 쓰러졌을까. 수남은 손으로 땅을 짚고 비틀비틀 일어나 벗겨진 신발을 주우려고 손을 뻗었다.

"이게 그래도!"

반응을 보자고 일부러 건 시비인데 곤이는 약이 바짝 올랐다. 발작적으로 깩깩 고함을 지르며 수남의 손과 신발을 힘껏 차 버린다.

"이 자식이!"

별안간 곤이의 옆구리로 발길질이 날아왔다.

"악! 뭐고!"

곤이가 한도껏 입을 열고 발광하듯 악을 쓴다. 발버둥을 하며 벌떡 일어난 곤이가 주먹으로 경일의 얼굴을 후려치려고 하자 경일이

　　　　　　　나에 살던 고향은

재빨리 몸을 피했다. 한번 얻어맞고 엎어져 정신이 얼떨떨한 판에 제힘을 다스리지 못한 곤이의 몸이 경일의 앞으로 쏠리더니 그대로 꼬꾸라지고 말았다. 경일이 다시 비호같이 달려들어 곤이의 코를 대가리로 콱 들이받고 위에 올라타 머리채를 꺼들어 쥐고 두 눈에 불이 번쩍번쩍 나도록 이 뺨 저 뺨을 사정없이 후려쳤다.

"사과해라! 사과해라고!!"

경일이 곤이를 사납게 을러메며 다그친다. 살이 뒤룩뒤룩 붙어 우락부락한 녀석이 몸집에 걸맞지 않게 어디서 저런 날렵함이 나오는지 입을 반쯤 벌린 채 광채 나는 눈알맹이를 바라보던 곤이가 정신을 차리고 미간을 쫑긋거리며 입을 뗀다.

"미안! 미안하다!"

경일이 멱살을 잡아 일으키고 꼿꼿한 눈길로 말한다.

"수남이한테 사과해라고!"

"미… 미… 미안. 내가 잘못했다."

뻐드렁니가 드러난 입가에 얼룩덜룩 비굴함이 떠돈다.

"꺼지라!"

경일의 말에 슬금슬금 꽁무니걸음으로 무리들이 물러났다.

"자! 신발 신어라."

경일이 수남의 신발을 가져와 내려놓았다. 수남은 앉은 채로 신발을 신는다.

"왜 여기 앉아 있는데?"

"…"

수남은 눈을 쓱벅쓱벅하기만 했다.


부윰한 창문으로 불행을 예고하듯 불그스름한 빛깔의 달이 술렁인다. 빗물에 얼룩진 천장으로도 붉은 달빛이 어룽져 다시 불길한 예감이 되살아나 수남은 고개를 홱 돌려 눈을 감아 보지만 잠이 오지 않는다.

주인집 할머니가 일어나 머리맡 요강 단지에 오줌을 눈다. 엄마는 왜 연락이 없을까. 아빠가 크게 다쳐 수술을 하는 걸까. 어쩌면 별일 아니라서 아무 연락이 없는지도. 어차피 우리를 주인집 할머니에게 맡겨 놓고 갔으니 안심하고 하룻밤 병원에서 보내는지도 모르겠다. 쇠 요강을 두드리는 오줌 소리가 멎고 쨍그랑 요강 뚜껑이 부딪치는 소리가 들린다. 할머니는 멈칫 우리가 깰까 다시 요강 뚜껑을 살며시 바로 덮는다.

그 순간 고요한 온 집 안에 찌르릉 전화벨 소리가 길게 울려왔다. 현남과 수남이 동시에 몸을 발딱 일으켜 세웠다. 두 번째 전화벨이 울릴 때 주인집 할머니가 전화를 받았다.


"내한테는 죽자고 달라들면서!"

툭하면 울근불근 원수처럼 시비마다 엉겨 붙어 물고 꼬집고 종말까지 난장판을 치면서, 아무런 대항 없이 곤이한테 당하기만 하던 수남의 태도에 경일은 부아가 끓었다.

"가자! 여기서 이래 있지 말고. 뭐 하러 남에 집 대문 앞에 앉아

나에 살던 고향은

있노!"


  소문을 들어서 안다. 장례를 치르던 중에 산기가 동한 수남 엄마
는 상복을 입은 채로 출산을 했고 앵이 할매가 아이를 받아 삼을 가
르고 씻겨 주었다. 세쌍둥이도 받아 본 경험이 있는 노련한 산파는
허나 사내 아기의 입술과 잇몸, 입천장이 왼쪽으로 갈라져 있는 것
을 발견하고는 그 자리에 풀썩 주질러앉았다.


"여기서 만나기로 했다."
할쑥하게 여윈 얼굴을 들어 맥없이 궁싯궁싯 혼잣말을 하듯 한다.
"누구를?"
"…."
완곳덩이 할멈처럼 입을 딱 봉해 버린다.
"응? 누구를 만나기로 했는데?"
"…."

"야! 누구 기다리냐고!"

"아빠."

"아빠?"

수남이 고개를 꺼덕꺼덕 움직인다. 덩그런 달님같이 반듯하던 이마에 회색빛 그늘이 부스스 드리웠다. 수남은 눌눌한 머리칼을 걸어 내며 말한다.

"이 집 앞에서 만나기로 했는데."


우울증은 누에의 밥인 뽕 잎사귀같이 수남 엄마를 갉아먹었다. 실존감이나 생명감을 상실한 수남 엄마 대신 갓난아기에게 금동이라 이름을 지어 주고 주인집 할머니와 동네 사람들이 돌아가며 아기를 돌보았다.

그러나 입을 다물어도 입 안이 훤히 보일 정도로 갈라진 틈이 심한 언청이 아기는 먹는 것의 절반이 입 밖으로 새어 나와 주위의 정성만큼 성장하지 못했다.

수남은 엄마 옆에 나란히 눕거나 앉아 창문의 빗발 무늬만 멍하니 쳐다보며 밤과 낮을 죽음의 색깔들과 싸웠다. 금동이의 수술비를 모금한 현남의 담임 선생님이 오늘 집으로 찾아올 때까지 두 달이 지나도록 남은 가족은 방에 틀어박힌 채 악마 같은 우울의 바다를 표류하고 있었다.


"수남아!"

입술을 옥물고 수남을 바라보는 경일의 눈덕에 빙그르르 눈물이 맺혔다.

"가자! 기다리도 안 오더라."

고개를 무겁게 떨군 수남의 볼 위로 눈물이 주르르 흘렀다. 아빠의 우발적인 사고가 어떻게 왜 일어나야만 했는지 알 길 없는 수남은 허망한 비현실감으로 눈물조차 흘리지 못했었다.

그랬던 수남이 경일의 말에, 별안간 심장 저 밑바닥에 있던 슬픔이 수습할 수 없을 만치 한 번에 살아남을 느꼈다. 소리 없던 울음은 수남의 어깨로 올라와 물결처럼 수남을 흔든다. 내연해 있던 억울함과 서글픔이 뜨겁게 얼굴을 타고 화끈화끈 소용돌이친다. 경일도 고개를 떨어뜨리고 텀벙텀벙 눈물을 쏟아 냈다.


천장에 매달린 유리병에서 물이 한 방울씩 떨어지고 있다. 병 끝에 길게 이어진 호스는 팔뚝에 꽂혀 있고 몸을 덮은 낯선 담요에는 '참사랑 정신 병원'이라는 파란 글자가 반복해서 이어져 있다. 꺼끌꺼끌한 마른입을 옴짝거려 담요에 적힌 글을 몇 번 따라 읽어 보지만 무엇을 뜻하는지는 모르겠다.

"아침 식사하세요."

시큰둥한 얼굴의 여자가 똑같은 모양의 쟁반을 들고 분주히 움직인다. 고개를 돌려 살펴보니 바닥에 모두 같은 모양의 사람들이 줄줄이 누웠거나 앉았다.

"요게가 오데요?"

돼지 할매가 비밀 이야기라도 하듯 낮은 목소리로 식판을 들고 온 여자에게 묻는다.

"식사하이소."

여자는 듣지 못한 사람처럼 쌀쌀맞게 식판을 내려놓는다.

"요게가 오데요?"

목소리를 높여 재차 묻는다.

"어르신. 여기 병원. 어르신 머리가 아파서 주사 맞으러 왔잖아."

어르신이라 불러 놓고 말을 놓는다. 내가 이 사람을 알았던가. 돼지 할매는 간밤에 무슨 일이 있었는지 기억을 더듬어 본다. 얼마나 시간이 지났을까 앞에 놓인 식판이 사라지고 파란 옷을 입은 여자가 손에 약을 얹어 준다.

"내 안죽 밥 안 먹었는데."

"어르신. 아까 식사 다 했잖아."

좀 전의 여자처럼 말을 놓는다. 이 사람도 알았던가. 아니면 이 사람이 그 사람인가. 식사를 챙길 때와는 달리 여자가 자리를 지키고 섰다. 약을 먹을 때까지 가지 않으려나 보다.

"요게가 오데요?"

"어르신. 여기 병원. 이거 먹어야 빨리 나아서 집에 가지."

집에 간다는 말에 기억이 조금씩 살아나지만 화선지에 먹물이 스미듯 깨끗하지가 않다.

"어르신. 어서. 약 잡사."

돼지 할매가 손바닥에 놓인 파란색 알약을 쳐다본다. 순간 돼지 할매의 머릿속에 간밤의 기억이 도렷이 떠올랐다. 그때도 파란색 약이었다. 며느리가 파란색 약 세 알을 손에 얹어 주며 소화제라고 했다. 그것을 먹자 나른하게 몸이 처졌고 잠시 후 어디선가 나타난 건장한 남자 두 명에게 양쪽으로 붙들려 봉고차에 태워졌다. 소리치며 아들을 찾았지만 며느리만 대문 앞에서 팔짱을 끼고 두리번 주위를 살폈다.

"엇!"

돼지 할매가 약을 바닥으로 던져 버렸다.

"어르신!"

날카로운 음성으로 여자가 소리치자 잠시 후 건장한 남자 둘이 들어와 어제처럼 양옆에서 돼지 할매를 붙들었다. 그 틈에 여자가 돼지 할매의 입을 벌려 약을 넣었다. 같은 방법으로 저항하는 사람들에게 약을 모두 먹이자 문이 닫히고 자물쇠를 채우는 소리가 났다.

시간이 지날수록 정신이 무의식 속으로 까무룩 꺼진다. 돼지 할매는 필사적으로 기억의 끄트머리를 뒤집는다. 아들의 전화번호. 평소에 줄줄 외우던 구절도 흥분을 해서인지 기억이 나지 않는다. 땀이 비가 오듯 흐른다.

순간 매서운 채찍질을 머리에 맞은 것처럼 번호가 떠올랐다. 갈급히 일어나 움직이려는데 몸이 말을 듣지 않는다. 천근만근 발이 무겁다. 지나간 일들이 역력하게 끓어오른다. 이러려고 짐을 많이 챙기지 말라고 한 게로구나. 널려 있던 빨래를 보고 그래서 비웃었구나. 기억들이 전화번호와 함께 아득히 멀어진다.

　살 만큼 살았다. 아쉬울 것이 아무것도 없는데 그래도 무겁게 내려앉는 눈시울 속엔 슬픔도 원망도 아닌 그저 마당 한가운데 늙은 모과나무가, 그 아래 모여 앉은 동네 사람들이 아롱아롱 보릿대 모깃불처럼 피어난다.


　비가 갠 하늘이 유난히 맑다. 젖은 땅이 알맞게 부드럽고 연하게 부풀어 있다. 나무 사이로 꽂혀 내린 햇살은 눈에 띄게 푸른 미나리밭을 희롱한다. 아이들은 저치의 네 아름쯤 되는 늙은 모과나무 고목 아래를 빙빙 돌아 꽃들이 뭉글뭉글 피어오른 밭이랑 사이를 뛰어다니며 장난을 친다.

　"누… 누… 누나야, 저, 저, 저기."

　장호가 가까이에 있는 준휘를 붙잡아 끈다. 장호가 손가락으로 가리키는 곳에는 돼지 할매의 며느리가 낯선 남자들과 함께 나뭇잎이 그늘을 드리우는 곳에 서 있었다.


　장마가 오기 전에 새는 지붕과 허물린 벽을 고치느라 노곤해진 준휘 할아버지가 건넌방에 잠시 몸을 뉘었다. 팔베개를 하고 뻐근한 다리를 쭉 뻗으니 뽀얀 안개 자락 같은 졸음이 금세 몰려왔다. 어미는 어디로 가 버리고 혼자 남은 새끼 고양이도 볕이 드는 마루 아래에서 네 다리를 던진 채 한가히 봄잠을 자고 있다.

　"할머니! 할아버지! 큰일 났다."

별안간 들리는 준휘의 고함 소리에 놀란 준휘 할아버지가 후다닥 일어나 앉는다.

"와? 와 그라노?"

"하, 하, 할아버지, 헥, 헥, 흐."

준휘가 수차례 헥헥거리며 호흡을 가다듬었다.

"에헤, 요 앉아서 차분하게 말해 봐라."

준휘 할아버지가 머리맡에 놓아둔 안경을 찾아 쓰며 말한다.

"어, 응. 헤, 헥. 할아버지! 흐… 있잖아. 돼지 할매 집에,"

순간 준휘 할아버지는 어떤 예감에 가슴이 덜컥 내려앉으며 쌍방망이질이 일어났다.


짧게 틀어 올린 뒷머리부터가 마음에 거슬린다. 건강하고 윤기 밴 모습은 사람들의 적의를 더 단단하게 만든다. 남이네는 바깥의 소란에도 아랑곳없이 아랫목에 엉덩이를 디밀고 앉아 서랍장 속 물건을 차례차례 꺼내어 바깥으로 던진다.

"이러는 법이 오데 있노? 한평생을 모이 살았는 사람들 아이가! 아요! 아무리 그래도 그렇지 한마디 상의도 없이 나무를 없앤단 말고!"

빨래를 밟다가 그대로 뛰쳐나온 자야 할매의 다리에 하얀 비눗물이 말라붙어 있다.

"성님 간 지 며칠이나 됐다꼬! 집에 모신다 카드만 와 살아 있는 사람 물건을 이래 말카 내비리 뿌모 겨울에는 새 옷을 다 사 입힐라꼬 그라나? 그 전에 오데 갖다 버릴라꼬 그라나?"

저녁 땟거리를 사 들고 비탈길을 급히 올라오다 너절너절 다 뭉개져 버린 두부를 땅에 탁 던져 버린 준휘 할머니가 고함쳤다. 성난 소리들이 여기저기서 울리고 어지러운 그림자들이 알른알른 흔들렸다.

"아저씨! 해 떨어지기 전에 마무리 되고로 서둘러 주이소!"

큰 소리로 고함치는 격성이 들리지 않는 사람처럼 남이네는 바깥의 인부들만 재촉한다. 평상을 한쪽으로 옮긴 인부들이 늙은 모과나무에 전기톱을 들이댄다.

"안 된다! 이 나무가 어떤 나문데! 내부터 베라! 그 전에는 안 된다."

진종일 나물을 캐서 시장에 내다 팔아 살아온 앵이 할매의 옹그려진 작은 몸이 위태롭게 흔들린다. 인부들이 멈추고 남이네를 바라본다. 남이네는 모른 채 앉아 주홍 같은 아가리를 벌릴 대로 벌려 기가 차게 하품을 뱉어 내었다.

"뭣이 저런 기 다 있노! 못돼 처먹은 년!"

석이네가 마당에 있는 물을 한 바가지 퍼서 남이네에게 홱 끼얹었었다.

"옴마야! 아잇! 차브라!"

손발을 털고 다리를 내두르던 남이네가 이글이글 표독한 시선을 되쏘았다.

"뭐 할 일들이 없어서 넘어 집에 감 놔라 배 놔라! 내 집에 있는

나에 살던 고향은

나무를 내가 비 내든 팔아묵든 무슨 상관이라꼬!"

당장에라도 덤벼들 듯 눈을 부릅뜨고 고래고래 악을 쓴다. 위태로운 공기가 마당을 가득 메운다.

"그만!"

추상이 서려 있는 위엄과 압도하는 호령에 모두가 준휘 할아버지를 바라본다.

"이보시오! 내 집 내가 판다는데 틀린 말은 아니지만 그래도 여기서 한평생을 자네 어머니하고 살아온 사람들이오. 못 판다는 게 아니라 사정을 설명하고 이해시키 줄 수 있지 않소! 얼마나 서분하모 다들 달리와서 이리 하것소! 그라고 저 새 둥지에 새끼들 있는 기 안 보이오? 딴 데로 옮기 주고 나서!"

노여움을 꿀꺽 삼키고 말을 잇는다.

"나무를 베소!"

다시 평상을 옮겨와 그 위에 사다리를 놓고 새 둥지를 내린다. 남이네는 분에 차서 씨근덕거리기는 했으나 입을 열진 않는다. 새 둥지를 받은 성팔이 어미 새의 호위를 받으며 산으로 오르자 인부들이 다시 평상을 옮긴다.

나뭇잎이 바람을 따라 나부낀다. 아르릉대는 전기톱 소리에 숲속의 새들이 매초롬한 꽁지를 치켜들고 한꺼번에 날아오른다. 인광처럼 차가운 칼날이 궤적을 그리며 다가온다.

정직했고 그만큼 어리석었던 모과나무의 주인은 메마른 산기슭에 밭을 일구고 돼지를 기르며 살았다. 그를 닮은 나무는 너무 늙어

해를 거르기는 했으나 부실하게나마 열매를 내어 주었고 봄마다 들떠 일어나 묵은 나무껍질을 떨어내었다.

전기톱이 모과나무의 배를 쩍쩍 갈라낸다. 들쭉날쭉한 이빨 사이로 절칵절칵 나무의 숨결이 떨구어진다. 앵이 할매가 풀썩 쓰러졌다. 가랑잎 같은 몸을 성팔이 받친다. 품에 담싹 안긴 앵이 할매의 작은 몸이 더욱 줄어든 것 같다.

어느 해 봄, 지금의 나무처럼 늙은 할아버지가 모과를 심었다. 토심이 깊고 배수가 잘되는 비옥한 땅에서 적당한 햇볕을 받으며 나무는 마을과 함께 살았다. 윤기 나는 열매를 받은 마을 사람들은 과실주를 담그고 차를 나누고 약재를 달였다.

척추가 뚜두둑 끊어진 나무가 마지막 가쁜 숨을 몰아쉬고 마을을 바라보며 쓰러진다. 의식이 접어들고 생명이 떠난다. 세상의 고통들로부터 자유로워진다.


비라도 뿌릴 것처럼 대숲이 울고 사위가 어두워졌다. 무력함만이 절절히 남은 산마을에 늙은 부로의 통곡이 울려 퍼졌다. 동네에 불빛이 아슴푸레 나돌기 시작한다. 비통한 가락이 밤공기를 흔들고 메아리가 되어 이어진다. 달이 없는 동편 하늘엔 아랑곳없이 별이 하나둘씩 돋아나 쇠닻을 내린 듯 무겁게 껌벅인다.

나에 살던 고향은

# 14.

## 파란 대문으로 굴러 들어간 공


바람기도 없이 후듯후듯 볕이 내리쪼이는 초여름의 일요일, 동네 조무래기들이 정수리를 누르는 햇살을 받으며 요란스럽게 골목을 누비고 다닌다.

"여기! 패스! 패스!"

한 시간째 편을 갈라 공놀이를 하느라 목덜미는 땀과 먼지로 범벅이 되었다.

"힝. 나… 나도 패… 패스!"

한 번도 공을 전해 받지 못한 장호가 입을 삐죽거리며 앵돌아졌다.

"야! 장호한테도 좀 줘라!"

골목대장 권영의 지시에 장호에게로 공이 갔다. 장호가 신이 나 발을 뻗어 보지만 이미 공이 지나간 뒤다. 사철 내내 코를 뒤룽뒤룽 달고 다니는 장호는 공을 쫓아 부리나케 내뛴다. 한참 만에 공을 찾아온 장호가 발 앞에 공을 내려놓고 힘차게 찼다.

"슛!"

방향이 어긋난 공이 좁은 골목을 탕탕 튕기다가 저만큼 굴러 파란 대문을 비집고 들어갔다.

"어! 우짜노?"

골목의 끝이 닿은 파란 대문은 뺑소니 교통사고를 당해 앉은뱅이가 된 주원 아재가 살고 있는 집이다. 아이들에게 한없이 다정하던 주원 아재는 사고가 난 후로 방 안에만 틀어박혀 모습을 나타내지 않았고 덤턱스러운 소문만 구구하였다. 아이들은 서로를 떠밀며 골목 끝 파란 대문으로 더디더디 발걸음을 옮겼다.

"준휘야! 니가 들어가 봐라!"

"은다. 지금 작은할아버지랑 작은할머니 일하러 가고 집에 아재만 있을 낀데."

머리를 모으고 저희들끼리 소곤소곤 의논을 하더니 마침내 준휘가 앞장서 문을 빼꼼히 열고 얼굴을 들이민다.

"안녕!"

"옴마얏!"

갑작스런 목소리에 화들짝 놀라 몸을 솟구친다.

"옴마얏!"

곱살한 눈매에 웃을 때마다 보조개가 패는 모습 그대로 주원이 좁은 평상에 앉아 장난기를 머금은 목소리로 준휘를 흉내 낸다.

"아재!"

준휘가 배깃이 열린 문 앞에 얼쯤하니 섰다.

"…"

환하게 웃으며 잠시 동안 말없이 준휘를 바라보던 주원이 눈썹을 살짝 들어 올리며 손바닥으로 평상을 가볍게 두드린다.

189

"아재! 이게 다 뭐야?"

기웃기웃 잠시 망설이던 준휘가 주원의 옆으로 가서 앉는다.

"으응. 마늘."

"마늘이 왜 이렇게 많아?"

"할머니 도와주려고,"

"할머니 요리하는 데 마늘이 이렇게 많이 필요하대?"

"아니. 아재가 다리가 아파서 일하러 못 나가니까. 이 마늘이라도 까서 좀 보탬이 될까 해서 하는 거야."

"마늘을 까면 돈을 줘?"

"응."

"우와! 그럼 아재 엄청 부자 되겠네! 이렇게 많은 마늘은 처음 본다."

다친 다리에 쏟아질 줄 알았던 관심이 엉뚱하게 마늘로 향했다. 주원이 준휘의 머리를 쓰다듬으며 웃는다.

"그래! 아재 마늘 많이 까서 부자 되겠다."

"우와! 준휘야. 니는 좋겠다. 너거 아재 부자 되면 니 겨울에 호빵도 여러 가지 맛으로 다 사 줄 수도 있고."

대문 앞에 있던 아이들이 어느 틈에 성큼 섬돌까지 올라와 섰다.

"순지야! 니는 또 먹는 얘기가?"

영애의 말에 모두 까르르대며 웃는다. 반쯤 짓질러 있는 낡은 파란 대문으로 아카시아 내음이 달싹인다. 세상 시름과는 상관없는 아이들의 천진난만한 웃음소리에 슬픔과 노여움이 고개를 숙인다. 어쩌면 스스로에 대한 혐오감과 편견을 혼자서 너무 크게 길러 왔는지도 모르겠다는 생각을 하면서.


"바쁜갑네."

"엇! 통장님. 오셨습니꺼? 요 앉으이소."

성팔이 의자 위에 쌓인 물건을 치우며 말한다. 전파상을 하는 성팔의 가게는 각종 부품에서부터 고장 난 전자 제품에 이르기까지 온갖 잡동사니들이 산처럼 쌓여 있었다.

"우짠 일입니꺼? 차 한잔 드릴까예? 아이다. 요 소주 한잔하이소."

"아이다. 아이다. 내오지 마라."

준휘 할아버지가 손사래를 치다가 잔을 받는다.

"요거하고 자시 보이소."

성팔이 날김치 한 종지에 북어를 쭉쭉 찢어 술상을 차려 온다.

"저 중고 게임기. 저런 거 얼마나 하노?"

먼지가 내려앉은 유리 진열대를 가리키며 준휘 할아버지가 말한다.

"뭐, 새로 나온 거는 좀 비싸고 좀 오래된 거는 싸고 그렇습니더. 와예?"

"으응. 며칠 있으모 준휘 생일 아이가."

"참 지극정성입니더."

"애연해가. 내사 마."

"할배 할매 사랑을 이렇게 받는데 무시 애연해예. 요거 카시오 게임기라고. 얼마 전에 들어온 건데 아들 사이에 인기 좋습니더. 요거 하이소."

"이거는 우찌 하는 기고?"

준휘 할아버지가 게임기를 이리저리 돌려 보며 말한다.

"고마 갖다 주모 다 알아서 합니다. 그런 거는 안 갈키 주도 우찌나 잘하는지."

"맞나? 요거는 얼마나 하노?"

"마, 5천 원만 주이소."

"그래도 되나? 비싸 보이는데."

"괘안심더. 나머지는 내가 선물로 준다 생각하모 되지예."

준휘 할아버지가 돈을 꺼내는데 손님 두 사람이 동시에 들어와 각각 고장 난 라디오와 텔레비전을 맡겼다.

"얼마나 걸립니꺼?"

나이가 더 들어 보이는 사람이 텔레비전을 연결해 보는 성팔에게 묻는다.

"지금 일이 좀 많이 밀려서 보름은 넘게 기다리야 됩니다."

"최대한 서둘러 주이소."

두 사람이 나가기도 전에 다시 손님이 들어와 안테나 수리를 부탁한다. 손재주가 좋은 아이들 엄마가 셋째를 낳는 바람에 도와줄 사람이 없어 그러잖아도 바쁜 가게 일이 겹겹이 쌓여 밀렸다.

"앗따마. 한 두세 달은 손님 좀 안 왔으모 합니다."

사람들이 나가자 다시 자리에 앉으며 성팔이 말한다.

"애들 엄마는 얼마나 있어야 나오노?"

"둘째도 안죽 어리고 해서 한 몇 년은 꼼짝 못 하지예. 사람을 구

나에 살던 고향은

하든가 해야지."

"그래! 맞다."

준휘 할아버지가 갑자기 소리를 지르는 바람에 성팔이 깜짝 놀란다.

"주원이 우뜻노?"

안경 너머의 둥그런 눈이 기대감을 내비친다.

"아! 맞다. 주원이가 전자 회사에 다녔지예?"

"왜 이렇게 안 오지?"

"그러게. 혹시 우리가 못 본 거 아이가?"

"에이. 제일 먼저 오는 애들부터 내가 계속 보고 있었는데."

"애들은 이제 하나도 안 보이는데 왜 안 오지?"

유치원을 마치고 삼삼오오 나오던 아이들도 모두 흩어지고 골목 저편에서 새까만 비닐봉지만 바람에 달싹인다. 순지와 수남, 영애와 장호는 목을 쑥 빼고 산등성이 골목길을 바라보며 유치원에 간 친구들이 돌아오기를 기다리는 중이다.

"어! 저기 애들이다!"

달리기 시합을 하듯 아이들이 골목길로 돌진했다.

"야! 헉헉, 왜 이렇게 늦었는데?"

영애와 앞서거니 뒤서거니 하며 나란히 도착한 수남이 급한 숨결을 헐떡이며 말한다.

"아! 오늘 유치원에서 준휘 생일 파티했는데 선물을 많이 받아서 챙겨 오느라고."

193

권영이 경일이와 한쪽씩 나누어 쥐고 있는 봉투를 고갯짓으로 가리키며 대답한다. 그러고 보니 준휘는 원복 아래에 예쁜 스타킹과 구두를 신고 머리에는 작은 왕관을 쓰고 있었다.

"준휘 생일 아직 멀었잖아! 내 생일 다음 아이가?"

준휘보다 생일이 며칠 빠른 순지가 열을 내며 볼먹은 소리를 한다.

"응. 내 생일 이번 주 일요일이라서 당겨서 했다. 참! 순지 니 생일도 다 돼 가제?"

"야! 순지 6.25 전쟁이잖아!"

경일의 말에 아이들이 와 하고 홍소를 내뿜었다.

"맞다! 맞다! 순지 6.25가 생일이다."

영애가 배를 잡고 눈물까지 찔끔거리며 맞장구를 쳤다.

"그만해라."

순지의 눈매가 세모꼴 메밀눈으로 바뀌었다.

"크크, 순지야. 니는 진짜 6.25가 뭐꼬! 아, 크크크."

"6.25 이제 절대 안 잊어뿌리긋다."

불뚱이가 난 순지를 계속해서 놀린다.

"못됐다. 전부. 이제 너거하고 안 놀아."

순지가 입을 쌜기죽하더니 황소 같은 울음을 터트리며 달려갔다. 성격이 물렁해 토라져도 금세 실쭉실쭉 웃음을 흘리던 순지의 낯선 모습에 모두들 당황했다.

"왜 저라는데?"

"몰라."

"우리가 좀 심했나?"

"순지도 생일 파티하고 싶어서 그러는 거 같아."

조용히 있던 권우의 말에 아이들이 관심을 기울인다.


단물이 다 빠져 빛이 바랜 지붕이 담벼락과 닿을 듯 가깝다. 한여름에도 햇빛이 제대로 들지 않는 협소한 마당 우물가 수채에 순지가 쪼그리고 앉아 쐐쐐 오줌을 눈다.

"치. 못된 것들."

한여름의 퀴퀴한 수채 냄새와 찝찌름한 지린내에 순지가 코를 벌름거리며 혼잣말을 한다. 아무도 없는 방에 혼자 켜진 텔레비전에서는 6.25 37주년을 맞아 북쪽 마을이 보이는 대성동에서 가로 18m, 세로 11m, 첨탑 높이 100m에 달하는 대형 태극기를 게양하는 모습과 국민학생들이 태극기를 바라보며 나라 사랑을 다짐하는 장면이 반복해서 나온다.

"하필이모 엄마는 와 6.25고."

엉덩이를 위아래로 들썩여 오줌을 털어내고 바지를 올린다. 6.25 타령을 하지만 사실 순지는 엄마와 함께 사라진 따뜻한 미역국과 찰밥, 작은 생일 선물이 그립다.

"한번 찾아오지도 않고. 치. 내가 나가나 봐라."

그저께 혼자 앵돌아져 집에 온 후로 만나지 못한 친구들을 두고 하는 말이다. 말은 그렇게 하면서도 순지의 눈길은 자꾸 대문으로 향한다.

“열 번만 내가 딱 세어 본다. 하나, 둘, 셋, 넷….”

열 번씩 다섯 번을 더 헤아린 순지가 마루에서 벌떡 일어나 대문으로 성큼성큼 걸어간다.

“나가서 만나도 내 아는 체하나 봐라.”

“누구한테 하는 말인데?”

“옴마얏!”

대문을 막 나서려는 순지와 들어오려는 경일이 부딪힐 뻔했다.

“누가 왔나?”

“앗! 깜짝이야. 간 떨어질 뻔했다 아이가.”

“앗따! 가스나! 깜을 와 그리 질러쌌노!”

경일이 귓구멍을 막고 양미간을 찌푸리며 말한다.

“뭐 할라꼬 왔는데?”

순지가 깔매운 눈초리로 경일을 쏘아본다.

“6.25 전쟁 났나 보러 왔다!”

경일이 장난기를 담아 대꾸한다.

“니 진짜! 씨! 꺼지라!”

순지가 갈퀴지게 쏘아 댄다.

“알았다. 알았다. 그만할게. 크크. 슈퍼 앞 평상으로 나온나.”

말만 툭 내던지고 경일이 돌아서 쌩하니 가 버린다.

“내가 왜?”

눈을 흘기면서도 순지의 말투는 한결 누그러졌다.

“생일 축하합니다. 생일 축하합니다. 사랑하는 순지에 생일 축하합니다."

초코파이를 쌓아 만든 케이크 위에서 촛불이 너울너울 춤을 추고 있다. 박수를 치다 바람결에 촛불이 꺼질까 아이들은 동작을 조심스럽게 하며 목청을 크게 높인다. 순지가 평상 앞으로 가만가만 걸어 나왔다. 촛불이 비친 순지의 눈동자에 갈쌍갈쌍 눈물이 고인다.

"뭐 하노! 퍼뜩 촛불 꺼라. 초코파이 위에 다 떨어진다."

퉁명스러운 목소리와 달리 순지의 등에 손을 대고 살짝 떠미는 권영의 손길이 폭신하다.

"그래. 순지야! 빨리 불어라!"

타들어 가는 촛불을 멍하니 바라보고 서 있는 순지를 아이들이 재촉한다. 옷소매를 둘둘 감아 눈물을 찍어 낸 순지가 입김을 훅 불어 촛불을 껐다.

"축하해. 순지야!"

아이들이 등 뒤에 감춰 둔 선물을 앞으로 내민다. 쫀드기, 보리건빵, 아폴로, 밭두렁, 꾀돌이… 온통 먹을 것들이다. 연필이나 지우개, 공책 같은 보통의 선물과 다른 모습에 순지와 아이들이 웃음을 터트렸다. 청공에 숭얼숭얼 부풀어 있는 뭉게구름이 무리 지어 흐르고 덩굴장미가 새빨갛게 휘늘어진 87년 6.25였다.

197

"그기 되겠습니꺼?"

작은 마루에 걸터앉은 주갑이 담배를 붙여 물었다. 주낙줄만 한 주름이 잡힌 얼굴은 지난 세월의 풍상고초가 고스란히 담겨 있었다.

"안될 끼 뭐 있노. 일단 한번 해 보는 거지."

"여러 사람 분잡스럽구로."

한숨과 함께 내뿜어진 담배 연기가 열린 방문으로 푸실푸실 흘러 들어 삼십 와트 전등불이 켜진 방 안을 침침하게 맴돌았다.

"지 적성에 맞는다면야 분잡은 기 일이가 오데."

며칠 전 준휘의 생일 선물을 사러 갔을 때 성팔의 가게에서 오간 이야기를 성사시키기 위해 준휘 할아버지가 나섰다. 전자 제품 회사에서 기계를 다뤘고 평소에도 손재주가 특출해 무엇이든 잘 고치고 만드는 주원을 성팔의 가게에서 일하게 해 보자고 동네 사람들과 머리를 모았던 것이다.

얼마간 일을 해 보고 주원과 성팔 두 사람 모두가 함께해 볼 만하다고 여겨지면 휠체어가 오르내리지 못하는 산동네 본가에서 나와 가게 근처 월세방을 구하는 것으로. 그동안은 인경 아버지가 고물을 주우러 나가는 길에 리어카로 주원을 실어 산 아래 평지까지 출근길을 돕고 퇴근길은 허리가 아픈 주갑 대신 준휘 할아버지가 용마상회 앞에서 주원을 만나 지게에 지고 오는 것으로 계책을 의논한 것이다.

"아이고, 다들 이리 정성을 보태줘서 우찌 다 보답을 할꼬."

뒤에서 듣고 있던 주갑네가 훌쩍거리며 끼어들었다.

나에 살던 고향은

"참 내. 그라모 뭐 하노? 저 방에 틀어 박히가 꼼짝도 안 할라 카는데."

주갑이 꾹 닫힌 주원의 방문을 흘깃 바라보며 담배를 깊숙이 빨아들였다. 그때 조심스럽게 떨그렁 소리가 나더니 주원의 방문이 쓰르륵 열렸다.

"아버지, 그 일, 함 해 볼랍니더."

수줍게 내리 깔은 시선이 전보다 야위었으나 반듯한 모양은 틀림없이 주원의 모습 그대로였다.

"그래. 잘 생각했다. 아이고, 이 녀석아. 고맙다."

상반신을 받친 주원의 손을 어루만지는 준휘 할아버지의 눈시울이 불그죽죽하다.

"아이고, 이 일을 우짤꼬. 우찌 다 갚고 살긋노. 고맙습니데이. 고맙습니데이."

주갑네가 옆에 있던 수건으로 연방 눈물을 찍어 내며 말했다.

"그라면 한번 해 보든지."

주갑의 담배 끝에 길게 매달린 재가 툭 떨어졌다. 태연한 척 예사 말처럼 덤덤하게 입을 열었지만 가늘게 피어오르는 담배 연기가 포르르 떨리며 허공 속으로 사라져 갔다.


"아재! 그래서 오늘은 뭐 뭐 고쳤는데? 손님은 많았나? 일하는 거는 재미있나?"

준휘가 대답할 틈도 주지 않고 재잘거렸다.

"준휘야! 숨 좀 쉬고 하나씩 말해라."

주원이 오목하게 보조개를 피우며 웃었다.

"응. 크크. 아재, 오늘은 뭐 뭐 고쳤는데?"

준휘가 장난기 섞인 목소리로 또박또박 한마디씩 끊어 가며 말했다.

"오늘은 라디오 세 개랑 전축 하나 고쳤지."

주원이 눈을 반달로 접어 웃으며 답했다.

"우와! 아재 전축도 고칠 줄 아나?"

"그럼!"

"우와! 아재 진짜 대단하다."

또랑또랑 반짝이는 아이의 눈망울에 절로 웃음이 나왔다.

"아재!"

"응?"

"아이다."

"괜찮으니까 말해 봐."

"아재 진짜 대단하다."

준휘는 잠깐 머뭇거리듯 하더니 초랑초랑한 목소리로 도담스럽게 말했다.

"좀 전에도 그 말 했잖아. 그리고 전축 고치는 거 그렇게 안 어렵다. 조금만 배우면 금방 할 수 있는 건데 뭐."

"아니. 그거 말고."

"그럼?"

주원이 의아한 표정이 되어 물었다.

"아재 다리가 많이 아픈데도 용기 내서 딱 이렇게 하는 게 너무 대단해 보여서."

진심으로 가득 찬 아이의 얼굴에 주원은 조금도 불편함이 느껴지지 않았다.

"준휘야!"

주원이 비밀이라도 털어놓는 듯 나지막한 목소리로 준휘를 불렀다.

"응?"

준휘가 검실북실 토끼 눈을 하고 주원을 바라본다.

"사실 너희들 덕분이다."

"응?"

준휘는 무슨 말인지 영문을 알 수 없어 어리둥절한 표정으로 고개를 갸웃거린다.

"그날, 우리 집 대문을 뚫고 공하고 같이 불쑥 날아온 너희들이 아니었으면 나는 아직도 컴컴한 마당에서 한 발짝도 벗어나지 못했을 거다. 너희들이 재잘대는 소리에 점점 깨달은 거지. 이렇게 벽을 쌓고 사는 것도 세상이 준 시련만큼만 했어야 하는데 내가 너무 혼자서 높게 쌓아 버렸구나 하고. 그날부터 조금씩 벽을 내리는 공사를 시작한 거야."

벙한 얼굴로 눈만 말똥히 뜨고 바라보는 준휘의 머리를 주원이 쓰다듬는다.

"공 말이야. 공. 그날 공이 참 잘 들어왔다고."

후끈대는 열기에 호졸근히 풀이 죽었던 들꽃들이 저녁 땅거미가 어둑히 깔리자 사각사각 움직이기 시작했다. 설핏하게 걸려 있던 해가 꼴깍 목숨을 다하자 누르붉은 노을이 한껏 빛을 부린다.

"아버지."

지게 사이로 배어난 땀의 냄새가 넉넉한 갯바람처럼 느껴졌다.

"와?"

묵묵히 주원을 지고 가던 준휘 할아버지가 듣기 좋은 목소리로 길게 답했다.

"고맙습니다."

"그래. 같이 살자. 그라모 됐지."

보조개가 팬 주원의 볼에 노을이 불그름히 연지를 찍었다.

"나에 살던 고향은 꽃 피는 산골, 복숭아 꽃 살구 꽃 아기 진달래."

은방울이 굴러가는 듯 초롱한 목소리로 고개를 개울딱개울딱 흔들며 준휘가 노래를 불렀다. 때를 만난 베짱이와 여치, 귀뚜라미와 온갖 풀벌레들이 화음을 넣고 먼 곳에서 누렁이가 박자를 맞추는데 주원의 가슴에 검은 구름이 자리할 까닭이 없었다. 새까맣게 어두운 밤에도 하얀 눈이 내리듯, 모질고 거친 세상에서 고운 눈처럼 그곳에 앉으리라. 준휘의 손을 꼭 잡은 주원이 다짐했다.

# 15.

## 인경이 언니

"엄마!"

며칠 만에 불이 켜진 집을 본 준휘는 안도와 반가움에 들떠 미닫이 바깥문을 턱 소리가 나게 열었다. 한 사람이 겨우 들어앉을 수 있는 좁은 부엌 앞에 방으로 이어지는 또 하나의 미닫이문이 살짝 열려 있었고 그 틈으로 낯선 남자가 누워 있는 것이 보였다.

체격이나 머리 모양이 지난번에 보았던 엄마 친구라는 그 아저씨 같았다. 그 사람의 것으로 여겨지는 신발이 문 옆으로 가지런히 놓여 있었고 엄마의 슬리퍼는 보이지 않았다.

"휘야!"

갑자기 들린 목소리에 준휘가 섬칫 놀라 뒤돌아섰다.

"엄마! 어디 갔다 왔는데?"

준휘가 어리광으로 울상을 지으며 엄마에게 매달렸다.

"오데 가기는? 변소 갔다 왔지."

목소리에 짜증이 섞였다. 며칠 동안 보이지 않았던 엄마를 두고 하는 말인데 안순은 엉뚱한 소리를 한다.

"물 좀 주라."

방 안에서 탁한 목소리가 흘러나왔다. 안순이 문을 열고 들어가 방 한구석에 있는 냉장고에서 물을 낸다. 남자는 컵에 따라 준 물을 거푸 마시고도 갈증이 해결되지 않는지 병째로 물을 발깍발깍 들이켰다.

 "준휘 왔나!"

 머리가 눌린 방향으로 얼굴이 찌그러진 남자의 목구멍에서 누릿한 군내와 쉿내가 풍겼다.

 "뭐 하노! 인사 안 하고."

 안순이 준휘를 쏘아보며 앙칼스럽게 말했다.

 "안녕하세요."

 준휘는 머리를 숙여 공손하게 인사했지만 몸에 익은 습관에서 나오는 예의일 뿐이다. 안순은 담배를 문 채로 부엌으로 나가 곤로에 불을 붙이고 냄비를 올렸다. 남자가 벗어 둔 옷에서 지갑을 꺼내 만 원짜리 지폐 두 장을 준휘에게 내밀었다.

 "착하네. 용돈 해라."

 준휘는 성큼 받지 못하고 머무적거린다.

 "참 내, 아 질 베린다."

 안순이 벌건 눈으로 담배를 빠끔빠끔하면서 인상을 썼다. 엉겁결에 돈을 받아 든 준휘가 어쩌지 못하고 엄마를 바라본다.

 "할머니 갖다 드리라."

 "여덟 살이라 했나?"

 남자가 거르렁거리는 가래를 칵 하고 끌어올려 뱉었다.

"일곱 살요."

"키가 크다. 엄마 닮았네. 니 키 크제?"

"몰라요."

묻는 말에 마지못해 짧게 대꾸했다.

"또박또박 크게 말 안 하나?"

안순이 괜히 윽박을 지른다. 빤뜩거리는 눈빛에 기가 눌린 준휘가 떨떠름하게 눈치를 보며 배돌았다. 안순은 잡아 놓은 미꾸라지 떼처럼 파닥파닥 부엌을 오가더니 뚝딱 밥상을 차려 낸다.

"앞으로 새아빠라 불러라."

반찬 그릇을 이리저리 남자 앞으로 뺐다 넣었다 정신없이 손을 놀리며 옆집 바둑이 얘기라도 하듯 태평스럽게 말했다. 우두망절하게 앉은 준휘는 안순과 눈이 마주치자 겁을 먹고 곱송한 채로 고개를 꺼덕꺼덕 움직였다.


인경이 이른 아침부터 분주하다. 중학교에 입학하며 줄어든 시간으로 밀린 집안일을 하느라 일요일 모처럼 늦잠을 자는 또래들과 달리 휴일에도 혼쭐 빠지게 바빴다. 갈퀴질을 해 마당 한쪽으로 쌓아 놓은 낙엽들이 바람에 불려 산지사방으로 날아가기 전에 모두 쓸어 아궁 속에 넣고 불을 지폈다. 하얀 연기가 모락모락 피어오르기 무섭게 찌든 빨래를 분리해 비누로 뽀각뽀각 문질러 아궁 위에 올려 둔 인경이 빗자루로 거미들이 쳐 놓은 줄을 거둬 내고 산더미 같은 나머지 빨랫감을 들고 마당으로 나왔다.

"나의 거리에 어둠이 또 밀리면 하늘엔 작은 별 하나. 그 길을 따라 나 홀로 가니 허전한 발길뿐이네."

바지를 둘둘 말아 걷고 고무 대야에 담긴 빨래를 직신직신 밟으며 노래를 부른다.

"보랏빛 도는 작은 가로등 밑에 휘파람 불며 섰다가 불 꺼져 가는 창문을 보니 쓸쓸한 마음뿐이네. 바람아 불어라. 작은 나의 두 뺨에 쓸쓸한 모습 지우게."

비눗방울이 알록달록 봉긋하게 부풀어 허공을 날다 꽂혀 내리는 가을 햇살에 톡톡대며 터졌다.
"어! 아이참."
아궁 위에 올려놓은 빨래가 부그르르 끓어 넘쳤다. 인경이 달려가 빨깍대는 세숫대야를 꺼내 와 나머지 빨래들과 합쳐 놓고 펌프에 마중물을 부어 와락와락 위아래로 흔들어 물을 퍼 올렸다. 잠방잠방 퐁당거려 빨래를 헹궈 내고 허공에 펄러덩 털어서 넌다. 빨랫줄이 모자라 빨래를 덧널고 이가 어긋난 집게를 쓸 만한 것부터 골라 집었지만 그것 역시 부족해 나중엔 덧널은 빨래를 양쪽으로 이어서 집어야 했다.
"어맛!"
낙엽 한 장이 핑그르르 바람을 타고 놀다 인경의 어깨 위에 걸터

앉았다.

"그래! 니는 특별히 아궁이 대신 책 속에 넣어 주마."

인경이 문지방에 걸터앉아 한쪽 손이 떨어진 단풍잎을 국어책 속에 끼워 넣으며 말했다.

"이다음에 시집이 생기면 거기로 옮겨 줄게."

가을 햇살이 장난을 걸듯 인경의 이마를 간지럽힌다. 고개를 들어 하늘을 바라보니 파란 가을 하늘에 솜사탕 같은 뭉게구름 하나가 두둥실 떠 있었다.

"언니야!"

바람에 탈락대는 빨래를 펄러덕 잦히고 영애가 볼쏙 얼굴을 내밀었다.

"영애야. 어서 온나."

인경이 국어책을 덮어 한쪽에 내려놓고 영애를 반긴다.

"언니 혼자 있나?"

영애가 안쪽을 흘긋 살피며 조심스럽게 물었다.

"어. 아부지가 은호 데리고 일 나가있는데 와?"

"아. 아니."

영애가 눈치를 살피며 저빗댄다.

"와? 무슨 일인데? 말해 봐라."

주저하는 영애를 인경이 의아한 눈길로 쳐다본다.

"그게 아니고. 언니야! 내가 아까 장호하고 용돈 모은 걸로 아케이드에 핀 사러 갔거든. 근데 오는 길에, 시장 신발 가게 옆에 골목에서 언니 엄마 봤다."

"우리 엄마?"

인경이 벌떡 일어나 눈을 삼빡인다.

"응. 노란 대문으로 들어가시는 거 내가 봤다."

영애가 헛침을 꿀떡 삼키며 말했다.

"신발 가게 옆 골목 노란 대문?"

"응."

영애의 대답이 떨어지자 인경이 문을 박차고 나갔다.


골목 앞에 멈춰 선 인경이 발갛게 상기된 얼굴로 가쁜 숨을 태운다. 집에서부터 한달음에 쌔근발딱 뛰어왔더니 현기증이 일어나 눈앞이 아뜩해졌다.

"맞네. 저기 있네. 헉헉."

무릎에 손을 짚고 눈을 곧추세워 골목 안을 쳐다본다. 헐떡헐떡 숨을 미처 다 돌리지도 못하고 인경이 다시 골목 안으로 내달렸다.

문 앞에 멈춰 선 인경이 문고리를 잡았다 다시 놓는다. 글그렁글그렁 달아올랐던 호흡도 제법 가라앉았지만 막상 문 앞에 이르니 가슴이 졸이고 울렁거려 몽긋대고만 있다.

'아빠, 은호야.'

아빠와 어린 동생을 떠올리자 자신도 모르게 기운이 일어나 문고리를 잡고 있던 손이 앞으로 쑥 늘어났다.

"3, 4, 5, 6, 7, 8점. 피박."

엄마의 목소리다. 마당에 서서 살짝 쳐다보니 사람들이, 얼핏 두세 명을 제외하고는 대부분 여자들이, 화투판을 악착같이 둘러싸고 피새를 올리느라 누가 오든지 가든지 안중에도 없었다. 화투판 위로 돈이 굴러들었다. 인경 엄마는 갈퀴 같은 손으로 돈을 싹싹 긁어모아 앞에다 쑤셔 넣고 화투를 착착 쳐서 패를 나누었다.

인경이 좀 더 안으로 들어가자 노름꾼들 밥이며 오줌통, 재떨이 등을 수발하던 점돌네가 인경을 보고 반색을 했다. 몇 년째 노름판을 전전하더니 가산을 탕진하고 노름밥을 얻어먹으며 연명하다 이제는 노름꾼들 수발을 하는 모양이다. 인경이 다가가 꾸벅 고개를 숙여 인사했다.

"인경이 왔네."

라는 말을 듣고서야 인경 엄마가 고개를 들었다.

"어. 인경아. 왔나. 요 짜장면 시켰으니까 묵고 가라."

웃는 낯으로 담배를 꺼내 불을 붙인다. 돈을 가지고 집을 나간 지 1년 만에 마주한 딸을 타인으로 치부하듯 태연하다. 그래도 돈을 좀 땄는지 포악을 떨지 않아 다행이었다.

"엄마!"

인경이 메마른 목소리로 간신히 말을 꺼냈다.

"집에 가자."

인경 엄마는 들은 체도 하지 않고 화투짝을 모포 위로 착착 차지게 내리쳤다. 인경이 일단 마루 끝에 주춤주춤 올라가 엉덩이를 붙이고 앉았다.

“청단. 3, 4, 5점.”

부산에 일하러 간다고 나가서 며칠째 소식이 없던 준휘 엄마다. 지척에 어미가 있는 줄도 모르고 준휘는 오늘도 동네 어귀에서 엄마의 모습이 피어오를까 엄마 집 고무 물통 앞에서 까치발을 하고는 눈을 반짝이고 있을 것이다.

“아이 씨. 오늘 와 이리 드릅노.”

갓 돌을 지난 수영이 엄마의 얼굴에 다닥다닥 신경질이 붙었다. 평소 안존한 성미인 새댁의 입이 세다. ‘수영이는 아직 혼자 있을 나이가 아닌데 어쩌고 있을까.’ 인경은 가슴이 뭉청 빠개지는 것 같았다.

“엄마. 머리 아파.”

안순이 화투패를 돌리고 있을 때 맞은편에서 예빈이가 엄마에게 칭얼댄다. 네 살. 태어나서 지금껏 집보다 훨씬 많은 날들을 담배 연기가 자욱한 노름판에서 먹고 자고 놀았을 아이는 따가운 눈을 부비며 그래도 엄마라고 잠투정을 한다.

“야! 이년아! 확 마! 지기 뿔라!”

운발이 트이지 않는 화투패에 짜증이 난 예빈 엄마가 예빈의 머리를 낚아채 뒤에 있는 장롱에 그대로 몇 번을 찍어 박는다. 울음을 터트리면서도 예빈은 반사적으로 두 손을 모아 빌었다. 예빈 엄마가 소매를 추켜올리고는 아무것이나 잡히는 대로 들어 매를 치려고 하자 예빈이 질겁을 하며 발을 동당거린다.

“앗따! 고마해라.”

나에 살던 고향은

성깔이 빳빳하여 아무도 말리지 못하는 예빈 엄마를 그 여자에게 기생해 붙어 다니는 노름방 제비가 말린다. 그제서야 예빈 엄마는 예빈을 팽개치듯 놓아주고 만삭인 배를 비스듬히 돌려 앉아 담배에 불을 붙여 신경질적으로 빨아들인다. 코와 눈물이 범벅이 된 예빈은 구석에 쪼그리고 누워 손가락을 빨며 눈물이 지적지적 잦아들 때까지 간헐적으로 조용히 "아빠."를 부르다 잠이 든다.

분하였다. 인경은 분해서 견딜 수가 없었다. 뜨거운 무엇이 가슴을 태우는 듯한 심통이 느껴졌다. 이 사람들은 자신들이 무엇을 만들어 내는 중인지 알고나 있는 것인가. 참혹한 광경에 속이 뭉개져 울렁거렸다.

"엄마! 가자!"

자신도 모르게 큰 소리가 나왔다. 일순 불안한 공기가 팽팽해졌다. 천만뜻밖이라는 인경 엄마의 눈빛이 파랗게 변했다.

"집에 가자."

가슴이 활랑거렸다. 집어삼킬 듯 노려보는 시선 앞에서 인경은 터져 나오려는 울음을 잘근잘근 부러뜨렸다.

"여기서 도대체 뭐 하는데! 엄마! 은호도 나도 눈에 안 보이나?"

인경이 고함을 질렀다.

"이 가스나가 미쳤나!"

닥치는 대로 손이 날아왔다. 쌍스레 고함을 지르고 욕을 하는 얼굴에서 실룩실룩 쥐가 놀고 이마 가운데 파란 혈맥이 쌔근팔딱 꿈틀거렸다. 가만히 맞고만 서 있던 인경의 뺨 위로 주르륵 눈물이 흘

211

러내렸다.

"와 이라노! 아 잡굿다. 고마해라."

점돌네가 달려와 인경 엄마를 인경에게서 떼어 낸다.

"문디 집구석에 시집와가 이날 이때꺼정 해 바치고 키아 놔 봐야 아무 소용없다. 자식새끼가 바락바락 애미를 잡아물라 들고. 내가 이래서 문디 집구석을 들어가고 싶긋나."

인경 엄마는 쌔근쌔근 삿대질까지 곁들여 가며 헛나발을 질러 댔다.

"인경아. 집에 가거라."

인경 엄마를 붙잡은 점돌네가 말한다.

"어여."

사지를 버둥대며 헐떡이는 여자를 뒤로하고 인경이 돌아섰다.

"참아라. 아요. 애가 뭐 안다꼬."

등 뒤에서 여자를 달래는 점돌네의 목소리가 들렸다. 무엇을 참으라는 건지. 흐르던 눈물이 싹 마르고 헛웃음이 나왔다. 인경이 용마산을 향해 달렸다. 포수에 쫓기는 산짐승처럼 이를 다그어물고 내달릴 따름이었다. 걸음 하나에 불 화산 같은 분을 가슴 깊숙이 차가운 내피 속으로 찍어 누르듯.


바람의 길을 따라 어슷하게 뿌리를 내린 나무들에 꾀꼬리단풍이 들었다. 동쪽에서 출발한 태양이 반쪽으로 쪼개 놓은 양 서쪽으로 줄달음쳤다. 인경은 동그랗게 속이 비어 있는 도토리나무(언젠가 모여 있을 때 갑자기 나타난 다람쥐가 도토리를 떨어뜨리고 간 후로 다른 이름이 있을 이 나무를 모두 도토리나무라 불렀다. 아이들은 용마산에 오거나 비밀스럽지 않은 비밀 이야기들을 할 때면 언제나 엄마 품같이 아늑하고 포근한 도토리나무를 찾곤 했다.) 아래로 들어가 앉았다.

무릎깍지를 하고 무릎에 얼굴을 묻고서 눈을 빠끔빠끔 깜빡이자 짤막한 전쟁의 흔적이 살아나 가슴이 짱해 왔다. 덜덜거리는 손으로 웅웅대는 오른쪽 귀와 얼쩍지근한 뺨을 살며시 만진다. 쪼르르 눈물이 흘렀다. 눈을 꼭 감아도 차오르는 눈물이 비집고 나와 소매를 어룽어룽 적셨다.

불현듯 국민학교 5학년 때 같은 반이었던 영임이가 떠올랐다. 점심시간부터 내리기 시작한 비가 점점 거세지더니 마지막 수업 시간에는 번개가 치고 뇌성이 와르릉 요란하게 울렸다. 우산을 가져온 엄마나 아빠, 할머니나 할아버지들이 창문으로 교실 안을 흘끔거렸다.

그때 조용히 교실 문을 두드리는 소리와 함께 희치희치 낡고 얼룩진 앞치마를 두른 키가 작은 아주머니가 얼굴을 내밀었다. 수업 중이던 선생님이 문으로 나가 몇 마디 주고받더니 영임이를 불렀다. 불도장을 찍은 듯 빨개진 얼굴로 나간 영임이에게 영임 엄마가, "좀 있으면 바쁠 시간이라서 엄마 못 기다리겠다. 마치고 조심히 온나."라며 우산을 쥐어 주었다. 시장 안 조그만 돼지국밥집에서 일하는 엄마가 부끄러운 영임은 울상이 되어 우산을 낚아채고 교실에 들어와 엎드려 울었다.

인경은 그런 영임이가 무척이나 부러웠다. 아침에 우산을 챙겨 가지 못했던 인경은 그날 집으로 돌아갈 때쯤 물주머니가 되어 있었다. 왜 하필 영임이가 떠오르는지. '학교에 데리러 오지 않더라도 집에만 있었으면.' 대문을 열고 들어갈 때 간절했던 마음이 생각났다.

"언니야! 언제 왔는데?"

순지 목소리다. 인경이 고개를 들었다. 감았다 뜬 눈에서 구슬 같은 눈물이 쏙쏙 방울져 쏟아졌다.

"어! 언니야! 우나?"

준휘가 가까이 앉아 살핀다.

"아니."

라고 말하는 인경의 볼에 또다시 눈물이 구른다.

"아닌 게 아닌데. 언니 지금도 울잖아!"

순지도 준휘 옆으로 앉으며 큰 소리로 말한다.

"왜? 언니야!"

준휘가 인경을 따라 울음빛을 하며 인경의 볼을 손으로 씻어 주었다. 다른 아이들도 눈을 둥그렇게 하고는 쪼르르 모여들어 인경에게로 목을 뺀다.

"오다가 큰 나무 기둥에 여기 귓방맹이를 부딪쳐서."

인경이 태연함을 지어냈다.

"어디? 보자!"

순지가 다가와 인경의 귀에다 입김을 호호 불어 댄다. 순지의 입에서 어묵 국물 냄새가 났다.

“순지 오뎅 먹고 왔나?”

인경이 피식 웃으며 물었다.

“아니!”

순지가 시치미를 떼지만 의뭉스레 한두 번이 아니어서 아이들이 덤벼들었다.

“야! 니 아까 심부름 간다메!”

수남이 도끼눈을 하고 꽥 쏘아본다.

“가시나! 맛있는 거 먹을 때는 꼭 몰래 혼자 가더라.”

영애가 또랑또랑 야무지게 쏘아붙인다.

“아! 들키 뿟네.”

순지가 물코를 들이키며 너털너털 웃어 댔다.

“니 오뎅 냄새난다. 나온나!”

아이들이 순지를 뒤로 밀고 인경의 귀에 차례로 입김을 분다.

“많이 아팠제? 언니야!”

“좀 괜찮나?”

“앞으로 그쪽으로 가지 마라.”

귀에다 부는 온기가 마음에 닿는다. 인경은 자꾸 눈물이 났다. 그리고 자꾸 웃음이 났다. 그리고 준휘를 쓰다듬으며 다정히 말한다.

“준휘야! 너거 엄마 아는 사람 만났는데 부산에 일이 바빠서 며칠 더 걸린단다라. 그러니까 당분간 고무 물통 앞에서 엄마 기다리지 말라고. 알겠제?”

고개를 끄덕이는 준휘의 얼굴이 밝아졌다.

"전부 가자! 언니가 오뎅 사 줄게."

아이들이 손뼉을 뚜들기며 환호했다. 그런 아이들의 손을 잡고 인경이 씩씩하게 일어났다.

"많이 아팠는데,

이제 괜찮다.

앞으로 그쪽으로 안 갈게."

인경이 아이들을 바라보며 한 마디 한 마디 힘을 넣어 말했다.

나에 살던 고향은

# *16.*

## 세례

엉기성기 잎을 떨궈 낸 나뭇가지 끝에 투명한 산바람이 매달려 있고 고추잠자리 한 마리가 공기의 무늬를 따라 섬세한 날갯짓을 한다. 골목에는 벌그죽죽 떨어진 낙엽들이 이리저리 굴러다닌다. 엷게 쌀랑이는 개쑥부쟁이가 옆에 앉은 준휘의 얼굴을 간지럽혔다.

"개쑥부쟁이가 뭐꼬. 개쑥부쟁이가. 이렇게 예쁘기만 한데."

준휘는 지저분한 골목의 부서진 시멘트 틈으로 틔워 난 개쑥부쟁이가 왠지 애처로워 보였다. 연약한 꽃잎에게 다가올 얼음철 첩첩한 시름이 오죽할까. 봄 어딘가에 부서지게 날리는 꽃잎들 틈에서 피었으면 좋으련만. 준휘는 지각할 수 있는 형태는 아니지만 막연하게 이런 감정을 느낀다.

"하나, 둘, 셋, 넷…."

꽃잎을 하나씩 더해서 꼽아 본다. 약속 시간이 되려면 아직 한참 남았다. 엄마 집에서 점심을 먹고 시간을 보내려던 준휘는 오랜만에 엄마를 만난 반가움도 잠시 방에서 야구를 보며 욕을 해 대는 '그 새아빠라는 아저씨' 때문에 밥만 겨우 먹고 후다닥 밖으로 나와 버렸다. 미국에 있는 아빠가 빨리 돌아와 저 뚱뚱하고 무서운 아저씨를, 그리고 그 아저씨와 함께 있을 때면 나에게 야단을 쳐서 왠지 아저씨를 추켜세우려는 엄마를 혼내 줬으면 좋겠다고 생각했다.

"준휘야! 왜 벌써 나와 있어?"

권우가 발을 옮길 때마다 마른 낙엽들이 아싹아싹 소리를 낸다.

"어? 아니. 그냥."

권우가 나타나자 준휘의 얼굴에 반가움이 피어난다.

"니는 왜 이렇게 일찍 나왔는데?"

"어? 아니. 그냥."

권우가 반달 같은 눈을 하고 장난스레 웃었다. 옥상에 올라갔던 권우가 골목에 혼자 앉아 있는 준휘를 보고 나온 것이다.

"치. 재미없거든!"

새침하게 눈을 흘기며 준휘가 꿍얼거린다.

"우리 먼저 성당 가자."

"애들은?"

"권영이한테 먼저 간다 이야기하고 나왔어. 권영이가 애들이랑 같이 오겠지."

권우는 권영이가 없을 때면 '형'을 붙이지 않는다. 사실 권영이 항상 권우에게 자신을 칭할 때 꼬박꼬박 '형아가'라 해서 그렇지 실제로 권우는 별 신경이 없었다.

"나는 아직 기도문 다 못 외웠는데 니는 뭐 벌써 다 외웠제?"

이번 주 일요일 언니 오빠들의 첫영성체가 있는 날 함께 유아 세례를 받기로 되어 있다. 원래 부모님이 모두 천주교 신자인 권영과

나에 살던 고향은

권우는 유아 세례를 받을 수 있는 자격이 있지만 할머니와 할아버지만 성당에 다니는 준휘는 원칙적으로 가능한 일이 아니었다.

그런데 준휘 할머니가 어떻게 방안을 마련했는지 준휘도 함께 유아 세례를 받을 수 있게 된 것이다. 유아 세례를 받는 아이들은 첫 영성체를 받는 아이들과는 달리 기도문을 외우거나 꾸준한 미사 참여가 요구되진 않는다. 하지만 주일 학교 선생님의 독려와 성탄 대축일에 사용할 달란트를 모으기 위해 7세반 아이들은 주기도문과 성모송, 그리고 영광송을 외우고 수요일과 토요일 미사에 빠지지 않고 참여하는 중이다.

"내가 도와줄게. 같이 해 봐."

언제나처럼 권우가 친절하고 상냥하게 살펴 주었다. 그렇게 권우와 나란히 걷다 보니 마음에 서리었던 울적함이 저절로 밝아졌고 성당에 도착할 때쯤엔 기도문도 거의 다 외워졌다.


"아지매, 요거 떠리로 가지 가이소. 예? 예?"

수남 엄마가 여러 토막으로 동강을 쳐 놓은 갈치 바구니를 집으며 지나가는 사람마다 애타게 외쳐 보지만 아무도 시선을 돌리지 않는다. 목 좋은 곳에 오래전부터 자리를 잡은 생선 가게로 가서 사도 사겠지. 시장 끄트머리에 간신히 자리를 잡은 수남 엄마가 단출하게 놓여진 생선을 쳐다보며 속엣말을 한다.

남편의 회사에서는 남편의 사망을 업무 수행으로 인정하지 않았다. 분명 누군가의 전화를 받고 불려 나갔는데 어찌 된 일인지 남편의 회사에서는 그런 지시를 한 일이 없다며 딱 잡아뗐고 연락을 했을 사람도 끝까지 입을 씻고 모른 체 나타나지 않았다.

도리어 남편이 업무 시간도 아닌데 회사에서 빈들대다 사고가 터져 손해가 크다며 이편이 무름한 것을 알아채고 좋은 인상을 싹 거두어 위협하려 들었다. 그렇게 수남 아빠의 일은 인명에 대한 위로금 조로 던져 준 돈 몇 푼으로 엉덩이를 털듯 간단하게 끝이 났다.

가혹한 현실 앞에 마냥 판단을 내리지 않을 수 없었던 수남 엄마는 팽나무에서 모진 삶을 읊는 듯 애절하게 울던 매미 소리가 찬 서리에 끊어졌을 때, 시장으로 나와 생선 창자를 훑어 내기 시작했다.

구름이 엉겨 있는 하늘에 손톱달이 솟아 있다. 스산스레 불어오는 바람에 초겨울의 냉기가 끼었다. 산동네라 해가 지기 무섭게 어둠이 바삐 부풀었다. 북적이던 사람들도 어수선하게 흩어지더니 어느새 거리는 생명이 없는 세상처럼 썰렁썰렁했다.

"아이고! 정리하고 올라가야긋다."

찬바람에 생선 뱃속을 드나들어 살갗이 트고 우그러진 손으로 눈알이 튀어나오거나 살이 짓무른 생선을 골라 아이들 몫으로 따로 가무려 비탈길을 오른다.

옷깃을 파고드는 바람이 겨울을 지척에 두고 있음을 알린다. 집집마다 창으로 새는 불빛에서 저녁의 온기가 담겨 있었고 밥 짓는 냄새가 골목으로 피어났다. 그 정겨운 풍경에 비춰 이지러진 자신의 그림자가 묘한 서글픔을 일으켰다. 빈산에서 긴한 이야기라도 하듯 갈까마귀 울음이 귀에 잡혔다. 결국 수남 엄마는 걸음을 멈추

나에 살던 고향은

고 비린내가 풍기는 소매로 눈가장을 닦아 냈다.

"내가 와 이라노. 사치스럽구로. 가자. 가자."

불기 없는 냉랭한 방에서 눈 빠지게 자신을 기다리고 있을 세 남매를 떠올리며 스스로를 채근해 본다.

"엄마!"

멀리서 수남이 손을 휘저으며 달려왔다.

"남아! 치븐데 뭐 하러 나왔노?"

"엄마! 와 이리 늦었노? 오늘은 다 팔았나?"

수남의 눈에 은근히 기대감이 떠올랐다.

"많이 팔고 일부러 쬐금 남겨 왔지. 우리 강아지들 줄라고."

"많이 못 팔았나 보네. 머리를 못 움직이구만."

수남이 목을 길게 들고 엄마의 머리 위에 얹힌 상자를 올려 본다.

"아이다. 오늘 물건을 너무 많이 해서 그렇지. 어서 가자."

수남의 추궁을 모면해 볼 요량으로 끝말을 세워 본다.

"엄마! 내가 도와줄게. 이리 줘 봐."

수남이 자기의 정수리를 통통 치며 곰살궂게 말한다.

"됐다. 안 무겁다. 금동이는 많이 안 울었나?"

수남 엄마 등에 가만히 업혀 있지 않으려는 금동이를 현남이 학교를 마치고 올 때까지 주인집 할머니가 맡아 주었다. 다행히 보채거나 우는 일이 드물고 순해서 시간 맞춰 배만 채워 주면 혼자서 잘 놀고 아무 데나 엎어져 잘 잤다.

"응. 그리고 주인집 할머니가 전기장판도 우리 쓰라고 주셨다."

"맞나? 고맙구로. 생선 남은 거 좀 갖다 드리야겠다."

수남 엄마가 걸음을 쉬고 허리를 폈다.

"엄마. 힘들제?"

"괜찮다."

"엄마. 내가 공부 열심히 해서 이다음에 엄마 꼭 호강시켜 줄게."

강보에 싸여 있을 때부터 여느 아이들보다 단단하고 똘망했다. 자신이 포기하고 떠난 자리에서 굳세게 버텨 왔을 아이는 구겨진 마음 없이 여전한 신뢰를 어미에게 보내고 있었다.

'내일부터는 시장에 나가 앉았을 것이 아니라 동네방네 이고 지고 다니야겠다. 그렇게 해 본다면 지금보다야 이문이 훨씬 낫지 않겠나.'

수남 엄마가 수남을 바라보며 다시 한번 힘을 내 본다.


첫영성체를 하는 큰 아이들 뒤로 유아 세례를 하는 아이들이 옹 긋옹긋 줄지어 서 있다. 하얀 원피스에 귀밑머리를 곱게 땋아 늘어 뜨린 준휘가 고개를 들어 첨탑 위의 흰 십자가를 바라본다.

"준휘야! 너 오늘 너무 예뻐."

어두운 코르덴 바지에 흰 스웨터를 입고 모습을 고르게 갈라 머리를 손질한 권우가 눈부시게 웃는다.

"고마워. 너도 멋져."

준휘의 머리에 달린 커다란 꽃핀이 바람에 나풀거린다.

"으, 지겨워. 빨리 끝나고 놀러 가고 싶다."

엄마에게 등짝을 맞고서야 겨우 제자리를 찾아온 권영이 시작도 하기 전에 오만상을 찌푸리며 몸을 뒤튼다. 권우와 같이 맞춰 입은 흰 스웨터는 벌써 군데군데 얼룩이 묻었고 윗옷과 내복이 바지 위에 배죽배죽 삐져나와 있었다. 누가 말해 주지 않으면, 아니 말해 주어도 한 쌍둥이라 믿을 수 없을 만큼 태가 달랐다.

뎅뎅 미사의 시작을 알리는 종소리와 함께 오르간이 장장하게 울려 퍼졌다. 십자가 그림자가 길게 누운 본당의 계단을 촛불을 든 아이들이 조심스레 오르기 시작했다. 찬송가 합창이 시작된 본당 안은 유아실까지 신자들로 가득 차 있었고 아라베스크형 색유리창들이 태양을 받아 신성하고 신비롭게 빛났다.

장엄하고 정숙한 분위기에 들썽거리던 아이들도 차분해져 덤벙 거리지 않고 제단 앞으로 나아갔다. 첫영성체를 받는 큰 아이들의 서약이 끝나고 신부님이 유아 세례를 받는 아이들 앞으로 다가왔 다.

흔들림 없고 잔잔한 목소리로 신부님이 세례명을 호명하며 예식 을 해 나갈 때마다 준휘의 맥박이 빨라졌다. 상기된 얼굴로 고개를 돌려 준휘가 할머니를 올려다보자 준휘 할머니가 바른 자세로 가 다듬어라 근엄한 표정을 짓는다. 한 명 한 명 고르게 시간이 흐르고 권영이와 권우의 뒤를 이어 준휘의 차례가 되었다.

"여러분은 이 자녀가 예수 그리스도의 피로 씻음과 성령의 새롭 게 하는 은혜를 받아야 할 것을 믿습니까?"

"예, 믿습니다."

신부님의 물음에 준휘 할머니와 할아버지가 나직이 대답했다.

"여러분은 지금 이 자녀를 온전히 하나님께 바치며, 겸손히 하나 님의 은혜를 의지하여 친히 경건한 본을 보이기를 힘쓰며, 그리스 도 안에서 믿음으로 양육할 것을 서약합니까?"

"예, 서약합니다."

"여러분들은 글라라를 하나님의 말씀과 경건한 행위의 본으로써 양육하며, 그가 그리스도를 알고 그분을 따르며, 교회의 신실한 지 체로서 자라갈 수 있도록 사랑과 기도로 인도할 것을 서약합니까?"

"예, 서약합니다."

아타나시오 신부님이 아이의 눈높이만큼 몸을 앉혀 자신이 직접 세례명을 지어 준 글라라의 이마에 성유를 발라 주고 세례수를 부었다. 수면에 아른거리던 준휘의 물그림자가 일렁거려 흩어졌다. 준휘는 눈을 꼭 감은 채 숨도 쉬지 않았다. 물기를 닦아 고개를 일으킨 신부님이 하얀 면사포를 들어 준휘에게 씌워 주고 안수 기도를 하였다. 준휘 할머니는 새하얀 미사포 아래에서 조용히 눈물을 흘리며 기도했다.

'주여! 언젠가 제가 떠난 빈자리를 주님께서 채워 주소서. 이 아이의 장래에 닥쳐올 고통과 시련 속에서 길을 잃지 않게 이끌어 주소서. 주여! 부디 이 아이를 지켜 주소서.'

"인자 됐다. 됐다. 인자 됐다."
"수고했네. 수고했어."
모든 예식이 끝나고 돌아오는 길에 준휘 할머니와 할아버지가 서로 같은 말을 되풀이하여 주고받는다. 저 앞에 아이들과 와자그르르 웃고 걸어가는 준휘는 묵주 팔찌가 채워진 손목을 허공을 향해 높이 들어 이리저리 흔들어 보인다. 성당 사무실에 갈 때마다 한쪽에 진열되어 있던 성물들 중에서 항상 만지작거리던 것을 눈여겨본 준휘의 대모가 세례 선물로 준 것이다.
"대모를 안젤라로 하자는 생각을 참 잘했네. 그래."
성당 사무장을 맡고 있는 준휘의 대모는 수녀가 되려고 했을 만큼 독실한 신자이다. 외동딸이 풍요롭게 살길 바랐던 홀어머니의 만류로 수녀복을 입는 일을 포기하긴 했으나, 청빈하고 정결하게 독신으로 수도하는 삶을 50년째 살고 있으니 사실상 수녀나 다름없었다.

성당 사무실에 상주하는 안젤라를 준휘의 대모로 하면 언제든 준휘가 대모를 찾을 수 있고 도움을 청하기도 편리할 것이라 여긴 준휘 할머니의 생각을 준휘 할아버지가 추어올리는 중이다.

"이래 해 놔야 맘이 놓이지. 언제 죽어도 안 이상할 낀데. 저 불쌍한 거 놔두고…."

준휘 할머니가 끝말을 삼키며 가늘고 깊게 한숨을 내쉰다.

"욕봤네. 임자. 욕봤어."

할쑥하게 여윈 얼굴 위로 드러난 병색이 이마에 팬 주름만큼 짙어 보였다. 준휘 할아버지가 바람에 흐트러진 백발을 손으로 빗어 넘기며 웬만한 개구쟁이들처럼 콩콩거리고 왁작왁작 떠들어 대며 장난을 치는 아이를 물끄러미 바라본다.

나란히 걷는 노부부의 어깨 위로 싸락눈이 떨어졌다. 포슬포슬 내리는 눈이 온몸을 간질이기라도 하는 것처럼 누군가의 웃음을 시작으로 아이들이 깨드득깨드득 다 같이 웃기 시작하고 또 누군가의 웃음으로 골목이 쟁쟁거린다. 구김살 없는 천진난만한 모습에 노부부의 마음이 더욱 저려 왔다. 골목에 얇게 흩뿌려진 싸락눈이 쌀랑쌀랑 다가와 노부부의 신발에 맴돈다.

# 17.

## 안녕, 할아버지

칼바람이 쇄 하고 산등성이를 할퀴며 넘는다. 웃꼭대기에서 내리지르는 날 선 바람에 줄거리만 앙상하게 남은 겨울 동목이 맨몸으로 어렵게 어렵게 버티고 서 있다.

"준휘야! 치븐데 오데 가노?"

목공일을 하는 강희 아저씨가 일손을 멈추고 준휘를 불러 세운다.

"아! 안녕하세요. 아저씨. 할아버지 약 사러 고려 약국에 갈라고예."

길에 세워 놓은 나무 간판이 바람에 워썩댄다. 소리에 놀란 준휘가 흠칫 몸을 움츠린다. 모자를 덮어쓰고 털외투를 입었지만 매섭게 파고드는 바람에 와르르 소름이 돋는다.

"할아버지가 많이 안 좋으시나?"

강희 아저씨가 새로 만든 문짝을 팔짝대다 말고 묻는다.

"예. 자꾸 잠만 자고 이상한 소리도 하고 그래요. 깨어나면 머리가 심하게 아프다고 하시고. 그저께부터는 할머니 방으로 옮겨서 누워 계세요."

준휘가 쩌릿쩌릿 얼어붙은 코를 비비며 대답했다.

"아이고. 큰일이네. 지난번에 수술하고 괜찮다 하시드만."

추위를 달래려 한쪽에 피워 둔 불 속으로 강희 아저씨가 장작을 빠개서 던져 넣는다. 뿌적뿌적 마른 장작에 푸르르 불이 올랐다.

"수술하고 나서도 계속 아프다 하셨는데 그래도 게보린 드시면 영 낫다고 하셔서."

준휘는 추위에 곱아 잘 놀지 않는 손가락을 장갑 속에서 꼼지락 거려 본다.

"그래서 게보린 사러 가나?"

"예."

"게보린은 요 앞에 솔 약국에도 파는데?"

강희 아저씨가 언 손을 홧홧 타오르는 불 사이에 넣으며 준휘에 게 말했다.

"예. 근데 할아버지는 고려 약국 약이 더 좋다고 하셔서요. 용돈 모은 걸로 사다 드릴라고예."

"약 짓는 거 아니면 다 똑같은데. 고마 솔 약국 가라. 고려 약국까 지 너무 멀다. 날도 치븐데."

"괜찮아요."

준휘가 속눈썹에 붙은 서리를 장갑으로 떨어내며 대답한다.

"아나. 이거 가지가서 게보린 한 통 더 사 드리라. 남은 걸로 오뎅 이나 풀빵 사 묵고."

강희 아저씨가 호주머니를 뒤적거려 돈을 꺼냈다.

"고맙습니다. 잘 전해 드릴게요."

유난히 까만 아이의 눈동자가 추위에 유리알처럼 반짝인다.

잠에서 깬 준휘 할아버지가 눈을 굴려 눈두덩 사이에 낀 눈곱을 밀어낸다. 배게 옆에 놓인 손수건으로 개개풀어진 눈을 닦아 내고 천근같이 무거운 몸을 간신히 일으키자 병상을 나란히 하고 잠이 든 아이의 모습이 들어왔다. 옷을 입은 채 모로 꼬부려 자고 있는 아이는 추위에 얼었다 몸이 풀리자 졸음에 겨웠던 모양이다.

이불을 끌어다 덮어 주려고 옹그린 아이의 몸을 슬며시 펼치자 빠스락 하는 소리와 함께 품속에서 봉지가 떨어져 나왔다. 봉지를 살짝 치우고 이불을 끌어 옷을 입은 아이가 너무 갑갑하지 않도록 따듯싹하게 덮어 주고 난 뒤 눈에 익은 봉지를 살펴본다. 게보린 두 통과 박카스 두 병, 그리고 우루사 두 알.

"아이고."

할아버지의 동공이 산대하더니 성긴 이빨 사이로 외마디 음성이 새어 나왔다. 할아버지는 긴 숨을 내쉬고 나서 새근새근 자는 아이의 얼굴을 오래도록 바라보았다.

강보에 싸여 이곳에 처음 왔을 때부터 아이는 앙글앙글 순하게 자주 웃었다. 빨간 의자에 앉혀 자전거를 태워 나갈 때면 검실북실한 눈망울은 세상 모든 것이 신기한 듯 반짝거렸고 이것저것 낭만과 호기심을 가득 담은 입은 귀밑에서 종알거렸다. 무더운 여름날엔 작은 고무 대야에 물을 받아 반그늘에 앉혀 놓으면 종일도 놀았다. 유치원 마당에, 즐겨 다니는 골목길에 나가서 아이가 노는 모습을 바라보며 서 있는 것이 좋았다.

　영특하지만 모나지 않고 어질어도 호오의 구별이 뚜렷했다. 그런 아이의 자람을 곁에서 온전히 지켜볼 수 있다는 것으로도 최고의 특혜였다고 생각한다. 수축되고 깡마른 손을 들어 장밋빛 홍조로 물든 아이의 애틋한 양 볼을 조심스럽게 어루만진다. 할쑥하게 여윈 할아버지의 얼굴에 두 줄기 눈물이 흘러내렸다.


　"이래 갑작시리 떠나는 법이 오데 있노. 아요. 날이 뜨실 때 이사를 하면 좋겠구만."

　석이네가 권우 엄마의 손을 붙잡고 눈물을 흘린다.

　"서운해가 우짭니꺼. 사정이 이래 돼가."

　꽃처럼 곱던 얼굴이 못쓰게 상했다. 따뜻한 봄에 태어난 아이는 배두렁이 하나만 걸치고도 아무 탈이 없는 쌍둥이 형에 비해 휘휘친친 감아 놓아도 여름내 감기를 앓았다. 입이 짧아 젖살, 밥살을 찾아볼 수 없는 아이는 절기가 여러 번 바뀌는 동안에도 잔병치레가 떠날 날이 없었지만, 유달리 총명함이 두드러져 하나를 들으면

백을 통한다고 해 오성이 났다 할 정도로 동네의 자랑이자 또한 안타까움이었다.

네 살이 되던 해 감기에 걸린 줄로만 알았던 아이가 기침을 하다 혼절을 하여 업고 달려간 병원에서 이 방 저 방을 오가며 사진을 찍고 바늘을 찔러 대더니, 핏속에 백혈구의 성숙이 저해되고 약한 백혈구가 정상보다 많아져 생기는 종양성 질환, 즉 백혈병이라 진단한다며 급히 큰 병원으로 가 볼 것을 권유했다.

지금껏 가장 큰 병원이라고 알고 있던 곳에서 '큰 병원'을 가 보라는 소리에 실신을 한 권우 엄마는 아들의 긴 투병에 웬만큼 강해진 것 같았는데 잠시 반하는 듯하던 아이의 병세가 급격히 악화되자 도리 없이 무너졌다.

"그래도 친정엄마한테 가서 권영이 맡겨 놓고 병원 왔다 갔다 하는 게 낫지. 우쨋등가 아 잘 나사가 꼭 한번 데리고 온나."

자야 할머니 등에 업힌 현솔이 머리 위에 덮여 있는 스웨터가 갑갑한지 그악스럽게 울어 댄다.

"어르신, 아 델꼬 들어가이소. 아 감기 들면 우짭니꺼."

"가는 거 보고 가면 된다. 클수록 성질이 꼭 지 애미다."

집 나간 며느리를 두고 하는 소리다.

"백 병원이라 했제? 우리가 한번 찾아가 봐야지."

준휘 할머니의 목소리가 드러나지 않을 만큼 작게 떨린다.

"아이고, 안 됩니더. 젊은 사람도 찾아오기 어려븐데. 제가 잘 나사가 꼭 데리고 오겠습니더. 걱정 마이소."

평소처럼 찬찬하고 침착한 모습이다. 준휘 할머니는 그런 권우 엄마를 항상 입이 마르도록 칭찬했다.

"근데 야가 오데로 갔노!"

권우네의 이사 소식에 동네 아이들이 다 나왔는데 준휘의 모습이 보이지 않는다. 분명 먼저 나가 아이들 틈에 함께 있을 줄 알았는데 아이가 눈에 띄지 않자 무슨 일이 생겼나 준휘 할머니는 걱정스러운 표정으로 사방을 두리번거렸다.

"준휘는 진짜 오데 갔노?"

권영이 보따리 매듭을 쥐고 돌리며 고개를 내뽑고 골목을 살핀다. 외할머니 집에 가서 당장 갈아입을 권영의 옷들을 따로 챙겨 야무지게 꾸려 준 보따리가 권영의 손에 들리자 금세 배죽배죽 삐져나왔다.

"안 되긋다. 어여 떠나거라. 엄마 집에 가 있는갑다."

준휘 할머니가 재촉한다.

"제가 다녀올게요."

말릴 틈도 없이 보따리를 내던지고 권영이 달렸다.

골목에 숨어 있던 준휘가 화들짝 놀라 담벼락 뒤로 몸을 숨겼다. 온몸이 우들거리는 것이 몸을 흔드는 매서운 바람 때문인지 솟구치는 슬픔 때문인지 알 수 없었다. 준휘는 장갑으로 입을 틀어막아 목구멍을 타고 올라오는 울음을 삼켰다.

왠지 모르겠지만 배웅하러 나오다 이사 트럭이 보이자 골목으로 숨어 버렸다. 이별의 말을 짧게 전하고 손을 흔들 자신이 없었던 것인지. 권우의 잦은 입원으로 떨어져 다닌 날이 훨씬 많았어도 곧 돌아올 거라는 믿음에 친구의 빈자리를 견딜 수 있었다. 하지만 이제 가장 친한 친구를 기다릴 수 없다는 사실이 너무도 두려웠다.

"준휘 없던데요. 가스나, 오데 갔노! 진짜."

권영이 허연 입김과 함께 숨을 헉헉 내뿜더니 이윽고 눈물을 흘린다.

"됐다. 어여 떠나라. 내가 난주 소식 전해 줄꾸마."

준휘 할머니가 권우 엄마의 등을 살며시 떠민다. 아이들이 한둘씩 울음을 터트리기 시작한다.

"건강하셔야 됩니더. 꼭 다시 보입시더. 그동안 참 고마웠습니더."

권우 엄마가 동네 사람들을 향해 고개 숙여 인사한다. 처음 결혼하여 이 동네에 왔을 때만 해도 산 설고 물 설다 해 고향을 그리워했는데 이제는 정이 붙어 아이의 일이 아니라도 마음이 엷어져 자꾸 눈물이 차올랐다.

"잘 가라! 권영아! 권우한테도 꼭 전해 줘."

"잘 가라! 다음에 보자."

"안녕! 꼭 놀러 온나."

아이들이 트럭을 쫓으며 손을 흔든다. 준휘는 더 깊이 장갑 속으로 얼굴을 묻었다.


원통 찜기를 따라 아이들이 빙그르 같이 몸을 돌린다. 비밀스러운 소를 품고 볼똑 부풀어 오른 호빵을 찔러 보고 들춰 보며 각자 원하는 것을 악착같이 고르는 중이다.

"조몰락거리지 말라 캤제? 이리 나온나!"

점방을 지키던 석이네가 달려나와 집게를 휘두르며 아이들을 물리친다.

"한 명씩 줄 서서 만지지 말고 딱 골라라."

"두 번째 칸에 저거 야채호빵 같은데. 저거 주세요."

가위로 쏭당 짧게 고른 앞머리가 순지의 동그란 얼굴을 더욱 도드라져 보이게 했다.

"이거?"

석이네가 집게를 찰칵이며 가리킨다.

"아니요. 아니요. 그 옆에 있는 거요."

"이거?"

석이네의 목소리가 팩팩거렸다.

"아! 아니요. 그냥 좀 전에 저거 주세요.

석이네가 눈을 흘기며 기다랗게 한숨을 내쉬었다.

"이거 맞제?"

"네! 맞아요. 그거 주세요."

순지의 손바닥에 김이 모락모락 나는 호빵이 얹혀졌다. 달콤하고 시큼한 향이 나는 호빵에 순지가 코를 박고 킁킁거리며 입맛을 다신다. 영애도 호빵을 골라 한입 베어 먹고는 나머지를 짜금짜금 떼어 장호의 입에 넣어 주었다.

"야! 김준휘! 왜 이렇게 늦게 오는데?"

유치원이 끝나자 총알처럼 달려나간 경일은 벌써 호빵 하나를 다 먹어 치우고 새것을 고르는 중이었다.

"경일아. 이거 니 꺼 아니가?"

준휘가 파란 물통을 들어 보인다.

"어! 맞다. 할머니한테 또 맞을 뻔했네."

"잘 챙겨라."

준휘가 물통을 건네고 돌아선다.

"준휘야. 호빵 먹고 놀다 가자."

경일이 준휘를 불러 세운다. 전과 달리 그늘지고 파리해 보이는 얼굴의 준휘가 안쓰럽다.

"호빵?"

"야채호빵 남았다. 이리 와 봐. 내가 한 개 사 줄게."

경일이 준휘의 손을 잡아끌었다.

"그래! 준휘야. 같이 놀자."

"오자마 하자. 응? 응? 나는 준휘랑 같은 편!"

"야! 왜 니 맘대로 정하노! 내가 준휘랑 같은 편 할 거다. 준휘야! 놀다 가라. 응? 응?"

"그래. 알겠다."

아이들의 설레에 준휘의 얼굴 위로 웃음살이 번진다.


"어디서 뭐 하다가 늦었는지 꼴이 왜 이런지 다시 큰 소리로 말해

235

라. 어서!"

나무 빗자루로 바닥을 탁탁 내리치며 아저씨가 으름장을 놓았다.

"집에 오다가 호빵 사 먹고 애들이랑 놀다 왔어요."

준휘가 목젖이 아프도록 울음을 삼키며 겨우겨우 대답했다.

"유치원 마치면 곧장 집으로 와야지. 어디 가스나가 허락도 없이 싸돌아다니노! 고아 같은 그런 애들하고 어울려 다니면서 옷이 이게 머꼬! 옷이! 어?"

눈딱지를 험하게 굴리면서 빗자루로 거칠게 아이의 몸을 찔러 댄다.

"참 내! 고마 좀 하이소."

겁에 질려 버둥거리는 아이를 보니 안순의 마음이 약해진다.

"니가 자꾸 이렇게 하니까 버릇이 없는 기라. 아버지 노릇 해 달라매? 딱 가만히 있어라."

"아이고, 나는 모르겠다. 적당히 하이소. 마."

남편과 아버지의 역할을 기대했던 것은 맞지만 상치된 방향으로 전개되는 것이 불편하면서도 바로 잡을 결단이 당장은 없다. 안순이 재떨이를 들고 밖으로 나가 버린다.

"할머니."

심상찮은 아이의 음성에 부엌일을 멈추고 고무장갑을 낀 채 대문 곁을 내다본다. 부엌간에서 할머니의 모습을 찾자 준휘는 복받친 울음을 터트렸다.

"옴마야! 야가 와 이라노."

할머니가 고무장갑을 벗어 바닥에 내 던지고 달려가 준휘를 살핀다.

"와 그라노! 휘야! 와?"

할머니가 다급하게 준휘의 양 볼을 감싸고 소리친다. 준휘는 꺼이꺼이 서러운 울음덩어리를 토하느라 입 밖으로 말을 내지 못한다.

"야가 와 이라노! 준휘야! 와 이라노!"

할머니가 바닥에 주저앉아 아이를 안아 내린다.

"옴마야! 준휘야! 와 이랍니꺼?"

세 들어 사는 한 양이 소란에 놀라 뛰쳐나왔다.

"모르겠다. 야가 와 이라노. 한 양아! 물 좀 믹이 보자."

"예."

한 양이 재빠르게 물을 한 컵 내다 주고 따뜻한 물에 수건을 적셔와 준휘를 닦었다.

"아야!"

얼굴을 닦아 내고 할머니에게 매달린 준휘의 손을 빼서 닦이려는데 아이가 비명을 질렀다.

"옴마야! 이기 뭐꼬! 이것 좀 보이소. 아 손이 와 이렇노!"

한 양이 아이의 손을 할머니에게 쥐여 주고 다른 쪽 손도 펴서 살핀다.

"이기 뭐꼬! 와 이렇노! 누가 이랬노?"

237

아이의 작은 손바닥은 양쪽 모두 빈틈없이 불뚝불뚝 부어올랐고 살갗 속에서 당장 피멍이 비쳐 보였다.

"휘야! 누가 이랬노. 퍼뜩 할머니한테 말해 봐라."

"아… 아… 아… 저씨… 가. 새… 새… 새… 아빠… 가."

준휘는 빗자루로 손바닥을 사정없이 내리치던 아저씨의 모습이 떠올라 몸서리를 쳤다. 아무리 빌어도 매질은 아저씨가 미리 말한 계획대로 횟수를 채우고서야 끝이 났고 손을 피하거나 소리를 내면 그만큼 다시 매가 더해졌다.

준휘는 "엄마!"를 부르며 울었지만 엄마를 꼭 부른 것은 아니었고 그저 습관처럼 울음과 함께 소리가 나왔으며 엄마 역시도 부름에 답하지 않았다.

"미쳤나. 이것들이! 새아빠는 무슨! 놀고 자빠졌네. 내 오늘 이것들을 가만히 안 둔다."

준휘를 떼어 내고 일어서려는 할머니를 준휘가 더욱 꽉 움켜지고 어질병을 일으키는 것처럼 숨을 넘긴다.

"준휘야! 봐 봐라. 할머니가 있는 한 절대로 두 번 다시 이런 일이 없도록 할머니가 알아서 할꾸마."

온몸이 불덩이가 된 아이를 안고 할머니가 진정시키려 안간힘을 쓴다.

"괜찮다. 괜찮다. 할머니 요 있다."

"괜찮다. 괜찮다. 할머니 요 있다."

"괜찮다. 괜찮다. 할머니 요 있다."

들먹들먹하던 아이의 가슴이 차차 안정을 찾아갔다.


"애미 나와 봐라."

준휘 할머니가 누구 하나 메어꽂을 듯한 기세로 대문을 들어섰다.

"옴마."

마당으로 나온 안순의 눈빛에 긴장이 담겼다.

"지금 이기 뭐 하는 짓고! 아요! 어? 아무리 니가 낳은 새끼라 니 맘대로 한다 하지만서도 그 죄 없는 것이 불쌍토 안 하나? 그래, 내가 돈 받고 아를 키우지만 이날 이때꺼정 내 친손주보다 더 귀하게 아를 거뒀다. 오데 내놔도 흠잡을 데가 있드나? 그런 아를 아요! 잘못을 했으면 얼마만큼 했길래 아를 그 모냥으로. 오데서 교육한답시고 흉내질이고! 그기 아를 위하는 기가? 가슴에 손을 얹고 말해 봐라. 아요!"

할머니는 안순과 황 씨가 들어 있을 방 창문을 번갈아 쏘아보며 연거푸 거칠게 퍼붓는다. 서슬 퍼런 기세에 안순도, 화물차를 산다고 할머니의 돈을 빌려다 쓴 황 씨도 꼼짝을 못 한다.


"흐린 품이 눈이 올라나?"

준휘 할머니가 부엌에 앉아 홍시를 파서 준휘 입에 떠 넣으며 열린 부엌문 틈으로 하늘을 바라본다.

"우와! 눈? 눈 왔으면 좋겠다."

"눈이 오면 길도 미끄럽고 추잡해서 되나? 고마 비나 좀 내맀으모."

239

익을 대로 익은 홍시가 손안에서 연방 난지락거린다. 할머니는 껍질을 조금씩 벗겨 가며 숟가락으로 살살 떠서 준휘 입에 다시 쏙 넣어 준다.

"그래도 눈이 온 세상에 하얗게 쌓였으면 좋겠다. 그러면 애들하고 포대 자루로 썰매도 탈 수 있고."

준휘는 날큰한 홍시를 입 안에서 오물오물 오래도록 놀리며 먹는다.

"할머니."

"와?"

"할아버지는 언제 일어나?"

준휘가 주인 없는 방을 쳐다보며 말한다. 안방으로 옮긴 후 얼마간은 스스로 용변도 보고 대중없는 헛소리라도 하던 할아버지가 일주일째 넣어 주는 미음만 겨우 꼴딱 넘기며 미동 없이 누워만 있었다.

"할아버지도 인자 좀 쉬야지."

"한참 쉬고 나면 그럼 괜찮아져?"

눈을 깜작깜작하는 아이를 할머니가 쓰다듬어 준다.

"할아버지가 오래오래 쉬고 싶어 할 수도 있잖아."

"할아버지가 그렇게 하고 싶대?"

"글쎄."

할머니가 홍시를 마저 긁어 먹이고 부엌일을 시작한다. 준휘는 할아버지 방으로 들어가 약당새기며 라디오며 할아버지 손때가 닥

지닥지 않은 물건들을 쓰다듬는다. 할아버지 물건들은 이상하게도 할아버지를 닮아 있었다. 준휘는 약당새기를 들고 안방으로 건너가, 할아버지가 언제든 일어나 게보린을 꺼내 먹을 수 있도록 자리끼 옆에 나란히 놓았다.

"준휘야."

"어! 할아버지! 일어났어?"

조용히 텔레비전을 돌리던 준휘가 깜짝 놀라 할아버지에게로 후다닥 기어간다.

"할아버지! 머리는 좀 괜찮아? 많이 안 아파?"

준휘가 할아버지 이마에 손을 살포시 얹으며 묻는다.

"준휘가 사다 준 게보린 먹고 나니까 이제 하나도 안 아프네."

입이 마른 할아버지 말이 푸푸 성긴 이빨 사이로 새어 나간다. 준휘가 숭늉을 숟가락으로 퍼서 할아버지 입에 넣어 준다. 할아버지가 숭늉을 머금고 왈랑왈랑 입을 적신다. 준휘가 손수건으로 입을 닦아 주고 안경을 찾아 할아버지 얼굴에 씌워 준다.

"할아버지! 잘 보여?"

아이는 눈가장을 반달 모양으로 접으면서 해맑은 미소를 지었다. 할아버지가 가장 좋아하는 얼굴이다. 할아버지도 최선을 다해 사랑을 담뿍 담아 웃어 보이며 말머리를 뗐다.

"준휘야!"

"응?"

"지금부터 할아버지가 하는 말 잘 들어야 된다."

아이는 영문을 몰라 뚜렛뚜렛하니 앉아 있다.

"저번에 여름날 밭에서 나팔꽃 폈을 때 생각나나?"

"응! 보라색 꽃이 너무 예쁘다고. 꽃씨를 뿌렸냐고 내가 물어봤잖아."

"그래. 맞다! 나팔꽃은 씨를 안 뿌려도 이듬해가 되면 그 자리에서 피어난다고 할아버지가 말했제?"

"응. 뿌리가 튼튼해서 겨울에도 안 얼고 버틴다고 할아버지가 그랬던 거 생각난다."

영특한 아이다. 할아버지는 애정과 믿음이 담긴 눈빛으로 말을 이어 간다.

"준휘야! 우리 준휘한테도 할아버지가 그런 뿌리를 딱 심어 놨거든."

"진짜? 언제?"

준휘의 눈이 휘둥그레진다.

"눈에 보이지 않는 것이 세상에는 더 많이 있는 기라. 예를 들자모 '사랑'이 눈에 보이나? 안 보이제? 본래 더 소중한 거는 눈에 안 보이는 법이다. 할아버지가 나팔꽃처럼 우리 준휘한테도 그런 강한 뿌리를 딱 심어 놔서 세상일이 힘들고 어려워서 마음에 질서가 없어지려고 할 때 나팔꽃을 생각하면 된다."

"나팔꽃?"

"그래. 세상에 공짜 없는 거 알제? 준휘가 크면서 꿈을 닮아 갈 때 말이야. 그 꿈이 더 귀할수록 세상은 쉽게 그걸 안 줄라 할 기란 말이지. 그럴 때일수록, 준휘야! 잊으면 안 된다. 선의지를."

"선의지?"

"하모. 선하고 바르려고 하는 의지 말이다. 내가 힘들다고 내 힘든 것만 보면 안 돼. 내보다 나아 보인다고 그 사람 아픔이 작은 게 아니거든. 그런 사람들을 보면서 위안을 삼아서도 안 되고 그저 어진 마음으로 가릴 줄 알아야 된다는 말이다. 그 마음이 결국은 니를 지탱하고 나아가게 할 기거든."

준휘는 뜸직뜸직한 할아버지의 음성을 놓치지 않으려고 애를 쓰지만 어렵다.

"지금 당장은 이해가 안 돼도 딱 나팔꽃만 생각하면 된다. 나머지는 크면서 떠오를 기다."

"응. 나팔꽃. 선의지?"

"하모! 할아버지가 그렇게 딱 해 놨기 때문에 아무 문제 없을 기다."

"웅! 꼭 안 잊어버릴게. 나팔꽃이랑 선의지!"

할아버지가 아이의 얼굴을 고이 쓰다듬는다.

"준휘야! 밖에 나가서 애들하고 놀다 와. 그래야 키가 크지. 할아버지 이제 자야겠다."

준휘를 어루만지던 손을 거두고 할아버지가 몸을 반듯하게 돌린다. 준휘가 약통에서 바셀린을 꺼내 말을 하느라 더 부르튼 할아버지 입술에 발라 주고 말했다.

"갔다 올게. 할아버지! 걱정하지 말고. 잘 자. 할아버지!"


꼬불꼬불 비탈길을 팔랑개비처럼 달려나간다. '서두르면 살 수 있을 거야.' 토요일이라 일찍 문을 닫는 약국으로 향하는 준휘의 마음이 바쁘다. 할아버지 약당새기에 게보린이 있었지만 고려 약국에서 산 것과 아닌 것이 섞여 버려 동화책 속에 끼워 놓았던 마지막 용돈을 꺼내 들고 집을 나선 것이다.

준휘가 사다 준 게보린을 먹고 할아버지가 일어났으니 분명 몇 번만 더 먹으면 완전히 나아질 것이란 생각에 준휘는 포닥포닥 활갯짓이 절로 났다.

"우와! 눈 온다."

좁고 꼬부라진 골목길 모양으로 열린 하늘에서 준휘의 바람대로 하느작하느작 포슬눈이 내렸다. 주절주절 전깃줄이 달린 집의 녹슨 철문 아래로 엉하고 개가 극성맞게 짖어 댄다.

"누렁아! 니도 눈 오니까 좋나? 빨리 갔다 와서 할아버지 방문 열어 줘야겠다."

골목에 바람기가 일어 하얀 눈발이 꽃잎처럼 하늘로 날았고 그 순간 늙은 통장의 집에서 통곡 소리가 울려 퍼졌다.

준휘는 약국을 향해 신발짝을 더욱 힘차게 돌린다.

*- 끝 -*

에필로그
*1981. 12. 2.*

。    "주식회사 모나미는 국내 최초로 문구 종합 선물 세트를 생산 시판에 들어갔습니다. 종래 학생용 선물이 여의치 않았던 점에 착안, 개발한 문구 종합 선물 세트는 모나미에서 생산되고 있는 우수 학용품이 용도에 따라 총망라되어 있습니다. 이 문구 종합 선물 세트는 규격을 1, 2, 3호로 분류, 용도를 다양화했으며 특히 국민학생을 위해 유익한 선물이 될 것으로 보입니다. 문구 종합 선물 세트 3호의 내용물은 그림물감 3호, 그랑프리 5각 파스 24색, 골드100, 연필 1타, 카라바, 환희 12색, 요술펜 4색, 지우개 두 개, 0.5mm 샤프심 12본, 노바2000, 샤프 연필, 과일 연필 등 열한 개 품목이 들어 있습니다. 소비자 가격은 1호 5천 원, 2호 7천 원, 3호 1만 원입니다."


"세상 참말로 좋네. 좋아."

성갑이 라디오를 들어 마룻바닥을 닦고 다시 주파수를 맞춘다. 아침부터 집 안 구석구석을 길이 들도록 쓸고 닦고, 아랫목에 양단 요 이불을 깔아 포근한 햇솜 이불을 덮어 두었다.

"옴마야. 비가 떨어진다. 우얄꼬."

마당에 빙 둘러선 화분 사이로 고개를 내밀며 성갑네가 소리쳤다. 머리 위까지 내려앉은 구름에서 철겹게 굵은 빗방울이 떨어진다.

"올 때 안 됐나?"

성갑이 걸레질을 멈추고 걱정스레 묻는다.

"우산 챙기 오는가 모르긋네. 아 감기 들모 우짜노. 큰일 나긋다."

성갑네가 대문 밖을 내다보지만 뻥 하게 뚫린 골목길에 겨울비만 추적추적 내릴 뿐 인적은 찾을 수 없었다.

"내가 나가 봐야긋다."

성갑이 우산을 챙겨 나온다.

"내도 같이 가입시더."

성갑네가 같이 나서려는데 골목 끝에서 아기를 업고 우산도 없이 양손 가득 짐을 들고 오는 여자가 보였다. 두 사람은 누가 먼저랄 것도 없이 아기 엄마에게 달려갔다.

"옴마야, 우얄꼬! 준휘 맞지예?"

성갑네가 묻는다.

"예."

고달픔이 섞인 음성이 떨어지자 성갑이 우산을 성갑네에 건네고 아기 엄마에게서 짐을 받아 먼저 집으로 달린다.

"온다고 고생했지예?"

성갑네가 아기를 받아 안으며 묻는다.

"말씀 편하게 하이소. 나도 고마 엄마라고 할게예."

성갑네는 호담하고 털털한 아기 엄마가 싫지 않았다.

"그라모 좋지. 정답고. 기저귀하고 옷 오데 있노? 아 옷부터 갈아 입히야긋다."

"여기 있네. 이거 맞제?"

먼저 들어온 성갑이 깨끗한 수건으로 닦아 놓은 가방을 아기 엄마 쪽으로 민다.

"예. 아버지도 인상이 참 좋으시네예."

"아 업고 챙기가 온다고 욕봤네."

성갑이 미리 덜어 둔 커피에 물을 부어 내민다.

"아이고. 고맙습니더."

"근데 아가 오면서 토했나? 옷이 와 이렇노?"

아기 옷을 갈아입히려던 성갑네가 묻는다.

"그기 아이고. 아빠가 아를 맡기 났는데. 아를 찾으러 갔드만 글쎄."

아기를 볼 줄 몰랐던 직전의 유모는 아기가 울면 그저 분유를 타서 물려 주기만 반복했다고 한다. 아기를 낳자마자 시작된 남편의 바람기로 애를 먹던 아기 엄마가 짐짓 마음속을 더듬어 볼 요량으로 낯성을 내며 아기를 데리고 나가라고, 끝내자고 하자 실제로 그리되어 버렸단다.

며칠 만에 울며불며 아기만 돌려 달라고 사정한 끝에 겨우 찾아간 곳은 지저분하고 요령이 없어 보였다. 그래도 당장의 생계를 하지 않을 수 없는 아기 엄마는 하는 수 없이 아기를 며칠 더 맡겨 두고 소개를 받아 여기로 왔다며 한숨을 내쉰다.

성갑이 아기 엄마를 다독인다.

"얼마나 속이 상했을꼬. 인자 마 마음 딱 놓고. 살아 보니까 뜻대로 되는 일이 사실 별로 없더라. 더 정들고 고생하다 어그러지는 것보다

야. 인연이 아닌갑다 여기고. 그래도 이래 예쁜 아를 얻었으니 열심히 살다 보믄 또 좋은 날이 안 오긋나."

소개를 해 준 석이네의 말을 들어서 안다. 나이트 회관에서 밴드를 하는 아기 아빠가 술집 여자와 바람이 나 아기가 태어난 지 백 일부터 어디서 살림을 차린 것을 몇 번이나 붙잡아 왔는지 모른다고. 술집에서 접대 일을 하던 아기 엄마는 남편 그늘에서 살아 보려 했으나 그 역시 과거의 습성이 쉽게 버려지지 않아 임신한 와중에도 음주와 흡연, 그리고 도박을 이어가 빌미를 제공한 것이 아닌가 한다는.

"아이고 배가 고팠네. 세상에. 예뻐라. 잘도 먹는다."

성갑네가 그사이 바삐 움직여 우유를 타서 아기를 먹인다. 아기는 젖꼭지를 힘차게 빨딱댔다.

"인자 고마 묵을거야?"

우유 한 통을 거의 다 먹은 아기가 젖꼭지를 밀어낸다. 성갑네가 트림을 시키려고 안자 아기는 졸리었는지 스르르 잠이 들었다.

"인자 내도 일어나야 되겠습니더."

시계의 지침이 다섯 시를 한참 지나고 있었다. 겨울 해가 산허리로 줄달음을 쳐 그새 어슬어슬 땅거미가 내려앉았다.

"같이 밥 묵고 가지?"

얼른 자리를 뜨지 못하는 아기 엄마를 성갑네가 붙잡는다.

"아입니더. 지금 가도 바쁩니더. 일어나 볼게예."

아기 엄마가 푸석푸석 옷을 챙겨 일어난다.

"아는 아무 걱정 하지 말고."

"하모. 마음 딱 놔도 된다. 마. 우쨋등가 다 잊아뿌고."

두 사람의 목소리에 아기 엄마는 안심을 얻었다.

"예. 잘 부탁합니더."

"눈이 오네."

수묵으로 그려진 듯 어스름에 묻힌 하늘을 바라보며 성갑이 말한다.

"비가 구질구질한 것보다 낫네. 우리 준휘가 왔다고 축복하는 갑다."

성갑네가 소리 나지 않게 방문을 닫고 따라나선다.

"우산 가지고 가라."

"예. 고맙습니더."

"아무 걱정하지 말고."

문 앞에서 두 노인이 아기 엄마를 재차 안심시킨다. 석양판도 지나고 산 아래로 밤이 내려오고 있다. 성갑이 서둘러 노등의 스위치를 올렸다. 거물거물 불이 켜지자 명암이 한결 분명해졌다. 두 사람은 아기 엄마의 그림자가 골목에서 사라질 때까지 자리를 지켰다.


"옴마야! 준휘야!"

조심스럽게 방문을 열자 잠이 든 줄 알았던 아기가 고개를 돌려 앙글앙글 웃는다.

"아이고! 우리 아기! 언제 일어났어?"

성갑을 보자 아기가 앙금앙금 기어온다.

"아이고! 예뻐라. 낯설은데 울지도 않고! 할아버지가 안아 볼까? 둥개둥개! 우리 아기!"

성갑이 준휘를 안아 올린다. 아기는 입을 벌룽대며 옹알이를 할 듯 할 듯 한다.

"그랬어요? 오냐! 그랬어요?"

성갑이 장단을 맞춘다.

"아 좀 눕혀 보이소. 같이 좀 보입시더."

성갑네의 말에 성갑이 아기를 조심히 내려놓는다.

"순하다. 참말로. 아가 우째 이리 순하노?"

눕혀 놓은 그 자세로 생끗방끗 웃는 것을 보니 더욱 사랑스러워 자꾸 안아 주고 싶었다.

"준휘야! 우리 집에 잘 왔다. 우리 집에 잘 왔다. 할아버지하고 할머니하고 오래오래 행복하게 살자!"

도래도래 맞닿은 집집의 지붕이 하얀 눈옷으로 갈아입고 있다. 겨울의 쓸쓸한 회색 풍경을 쫓아내듯 새하얀 눈 이파리가 사륵사륵 떨어진다.

아기의 첫눈이었다.

# ° 어쩌다 그린 이

지난 몇 개월간 거의 매일 그림을 그리며 지냈습니다.

연필을 칼로 깎는 것으로 작업 일과가 시작됩니다. 몇 분간의 짧은 시간이지만 나에게는 마음을 다잡는 경건한 의식 같았습니다. 초등학교 때 잠깐 다녀 봤던 미술 학원에서의 배움이 나의 그림 실력의 전부입니다. 이 책의 작가 양반으로부터 삽화를 그려 달라는 제의는 너무 뜬금이 없어 정말이지 한참 배꼽이 빠지도록 실소를 했습니다. 너무 어이가 없었던 그 순간을 시작으로 지금 나는 이 책에 삽화를 그리고 감히 '그린 이'라는 소개를 하는 날에 와 있습니다.

나의 그림 수준을 고려할 때 '그린 이'라는 타이틀의 무게는 이루 말할 수 없이 감당하기 힘듭니다. 그림을 다 그린 지금 이 순간도 여전히 그러합니다. 책상에 앉았지만 선 한 줄도 그리지 못하는 날도 많았고, 수십 장의 사진을 보고 또 봐도 마땅한 것을 고를 수 없던 날, 그리고 싶은 장면이 있지만 형편없는 실력에 종이에 옮겨지지 않았던 고심의 날들을 보냈습니다.

수많은 습작과 엉덩이를 붙이고 앉아서 보낸 겹겹의 시간이 '그린 이'로서의 준비이지만, 제 그림은 거기에 턱없이 부족함을 잘 알고 있

습니다. 작가님의 영혼을 불어넣은 우리의 준휘가 책으로 나오는 데
에 함께 참여하는 기쁨이 '어쩌다 그린 이'로서의 전부입니다.


　순지, 권우, 영애, 수남이, 경일이, 권영, 장호, 인경 언니 그리고
준휘….

　이 이름들을 소리 내어 불러 봅니다.

　소설을 읽는 내내 나는 이 아이들과 같이 용마산 아래 산호동 그 골
목길에 함께 있었습니다. 때로 아팠고, 심술도 부리고, 소리 내어 웃
고, 울기도 하다가 서로를 보듬는 온기에 스며들어 나는 그들과 친구
가 되었습니다.

　가난과 삶의 가혹함이 기어코 잔인하게 그들을 주저앉혀 버릴 때일
수록 더 마음을 내어 서로를 보듬는 따스함이 참으로 기특하고 예쁩
니다. 슬프게도 그 아픔 속에 아이들이 야물어지고 더 자랍니다.

　그 시절 가난에 짓눌린 삶은 쉬이 사람의 마음에도 상처를 냅니다.
엄마의 사랑과 손길마저도 온기를 잃었거나 그 존재마저 부재로 이
어지는 것이 별스럽지 않은 때였습니다. 그 시리고 추운 때를 보내는
아이들은 그릇된 어른을 대물림하지 않고 서로를 보살핍니다. 이 아
이들을 보고 있으면 아이들은 그 자체만으로도 아름다운 존재입니다.

현란한 말솜씨가 없어도 온 마음으로 위로할 줄 알고 서로 그 마음을 알아주니 말입니다.

결핍이 있다고 하여 모두가 불행하지는 않다는 것을 다시금 일깨워 줍니다. 이 소설 속의 아이들 중 누구 하나 온전한 가정의 울타리 안에 있지 않고 저마다 결핍을 가지고 있습니다. 사고로 다리에 장애가 생긴 주원 삼촌도, 남편을 잃고 삼 남매를 홀로 감당하게 된 수남 엄마도, 가난과 불편이 있겠지만 다시 일어나 생을 살아 낼 힘을 찾은 이들입니다. 그 힘은 그들의 안녕을 기원하는 이들의 마음 때문이라고 생각합니다. 그 마음이 담긴 말이, 그 마음에서부터 비롯된 행동이 변화의 씨앗이 되어 줍니다. 그러니 나는 마음에는 우주의 기운이 담긴 힘이 있다고 생각합니다.

할아버지가 심어 주신 준휘 마음속 나팔꽃의 뿌리는 자랄수록 더 단단해졌을 겁니다. 그것이 얼마나 위대한 유산인지는 준휘 스스로가 깨닫는 순간마다 매번 그 경이로움을 경신할 것입니다. 준휘는 영특하지만 그것보다 더 그 아이를 빛나게 하는 것은 선(善)함이 가득하기 때문입니다. 그 마음에서 울리는 진동이 그 아이가 있는 곳마다 그 파장에 맞추어 울림이 퍼져 나갑니다.

외려 나의 그 시절 코흘리개 친구들은 이름도 얼굴마저도 떠오르지 않지만, 이 소설 속 아이들을 만나고 나는 골목길에서 뛰어놀던 그 시간 속에 한동안 머무르고 있습니다.

나는 그 동네에 가 보기로 했습니다. 지금은 그 모습이 많이 달라졌겠지만 그 길목에 서면 까만 눈동자를 반짝이며 햇살 한 줌처럼 빛나는 미소를 얼굴 가득 담은 준휘가 친구들과 반갑게 손을 흔들어 줄 것 같습니다.

너희들의 오늘들이 내내 안녕하길….

그리고 이 책을 읽은 여러분들의 마음에도 저마다 나팔꽃 씨앗이 심어지기를, 혹은 여러분이 다른 누군가에게 나팔꽃 씨앗을 심어 주는 이가 되어도 좋겠습니다.

오늘이 안녕하여도 안녕하지 못하여도 여러분들의 안녕한 오늘을 기원하는 한 사람 '어쩌다 그린 이'로부터.

2021. 8.

아직 눈에 보이지는 않지만 그리 멀지 않은 곳에서
확실히 믿을 수 있는 약속처럼
소복하게 기다리고 있는 행복을 향하여
자신 있게 한 걸음 한 걸음
걸어 올라가고 있는 것만 같았다.

- 2021. 10. 15. 가브리엘 루아 『내 생애의 아이들』에서 옮김 -


너희들과 함께 그 감미로운 시간을
뚫고 걸어가노라니….
내 생애의 아이 은담에게
내 생애의 아이들 준우, 도윤에게
우리의 시간을 공유함에 서로에게 축복되길!